Robert Cottard est né en 1945. Il a exercé la profession de facteur jusqu'en 2000. Depuis, il écrit.

Robert Cottard

LES CALENDRIERS

Éditions de l'Olivier

ISBN 978-2-7578-8842-1

À BB
À Doudou Onof et à Tochka Vargues, si attentifs
À l'adorable Agnès, évidemment

Le tympan

Hier, j'ai pris livraison de quatre cartons de calendriers. En plein mois de juillet ! De quoi vous ramener aux tristes journées d'automne, aux coups de vent qui retournent les portières et au ballet quotidien des essuie-glaces sur le pare-brise. Avant de ranger le précieux chargement dans la chambre du fond, au bas de la grande armoire, j'en ai vérifié le contenu. Il correspondait bien à celui inscrit sur le bon de commande. Comme je le craignais, la vue de Flavigny-sur-Ozerain, Côte-d'Or, au dos de laquelle s'étend le plan d'eau du barrage de Saint-Benoît-du-Sault, est assez décevante. Et ce, malgré les jeux d'ombre et de lumière qui mettent superbement en valeur les ruelles bordées de maisons médiévales de la riante petite cité. Qu'importe !

Ces almanachs qui se présentent par cinq tiendront lieu de cartes de vœux : pour l'ami qui enseigne le français à Saint-Louis, Missouri ; pour le petit cousin qui s'est converti à la cuisine chinoise (il est, d'après son papa, promis à un brillant avenir, veillant aux intérêts de la boîte de fringues qui l'emploie et lui met la pression, en menant la vie dure à une centaine de cousettes shanghaiennes) ; pour la tante Jacqueline qui habite une tour de la banlieue parisienne et n'ouvre à personne, pas même à son facteur, un jeune Antillais au sourire éclatant. Les deux calendriers restants seront déposés dans des corbeilles de mariage. Ils pérenniseront la tradition des étrennes, m'attireront la sympathie des familles, même si certains de leurs membres me prêtent encore, malgré le sacrifice capillaire auquel j'ai consenti, de mauvaises pensées gauchisantes, me vaudront d'être invité, le jour de la noce, au vin d'honneur sous la halle au blé, et feront naître une larme dans les yeux des deux petites mariées, peut-être aussi dans les miens. Pierrot le docker ne me soupçonne-t-il pas d'être leur géniteur ? Il est vrai que je les ai vues naître.

En 1981, dans l'euphorie qui suivit la victoire de la gauche, quelques erreurs furent commises. La maison Oller, qui s'essayait à l'autogestion, me fit parvenir vingt-cinq exemplaires d'un calendrier représentant le tympan du portail ouest de l'église Sainte-Foy de Conques. Malgré ou à cause de l'énorme sexe en érection du personnage central de ce foisonnant chef-d'œuvre de la sculpture romane, l'almanach rencontra peu de succès ; j'en fourguai seulement deux. Une de mes collègues eut plus de chance. Les quinze régiments de légionnaires défilant à Aubagne au dos desquels manœuvraient quinze chars Leclerc, qu'elle avait reçus par erreur, trouvèrent tous preneurs en moins de trois semaines.

Pour ne pas nuire à Nadine, l'emballeuse dont le numéro figurait en gros sur le carton, je m'abstins de faire une réclamation. Le 27 décembre de cette année-là, je me pointai au domicile des Savarin qui n'étaient là qu'aux vacances. Il était six heures du soir, il tombait une pluie fine et glaciale, le phare d'Antifer brillait tristement. Au loin, on entendait le chien des Baskerville : c'est le surnom que Pierrot le docker avait donné au jeune couple d'Anglais – le monsieur s'appelait Baker Will – qui venait de faire l'acquisition de la chaumière en ruine ayant appartenu au père de monsieur Fouché, l'adjoint au maire.

Comme tous les ans à la même époque, j'étais en proie à un profond découragement. On n'échange pas que des banalités quand on passe pour les calendriers. En plus des succès aux examens, du nouveau papier du vestibule, de la rhino du petit dernier, des naissances, des mariages et des communions, il est aussi beaucoup question d'accidents de la route, d'agriculteurs happés par leur moissonneuse, d'épizooties, d'attaques foudroyantes, cuisine au beurre oblige, et de maladies devant lesquelles la médecine et le facteur avouent leur impuissance. Mes derniers clients me réservèrent un accueil qui ajouta à ma confusion. Ils avaient le choix entre vingt-trois fois le tympan et son Rocco Siffredi moyenâgeux, un jeune chien autiste introduisant la tête par la fenêtre d'une maison miniature en plastique blanc, et la reproduction d'un calendrier d'autrefois sur lequel les crinolines disparaissaient sous la couleur sépia. Malgré son goût pour les vieilles pierres, le bon docteur Savarin opta pour le chiot et refusa le second calendrier que je lui proposais en remerciement de sa générosité.

Le soir du réveillon de la Saint-Sylvestre, vingt-trois membres de ma famille se virent offrir le même cadeau-surprise : le portail de l'église Sainte-Foy de Conques. Ils en louèrent l'originalité. Tonton Daniel crut se reconnaître dans le personnage central du tympan. Tata Christiane ne put réprimer une moue dubitative.

Les frères PQ

En les surnommant les frères PQ pour la simple raison que leur boulot consiste à vider les fosses septiques, on ne fit pas preuve d'une grande originalité, mais les lettres P et Q étant suffisamment évocatrices, on ne jugea pas nécessaire d'en rajouter. Depuis, c'est sous ce faux sigle que tout le monde les connaît dans le canton, la plupart des gens ignorant qu'ils s'appellent Brument, Pierre et Paul Brument, et que leur père fut facteur.

– Allô, tu peux m'envoyer les PQ ?

Ils déboulent sur les routes sinueuses, au volant de leur gros engin tractant une énorme tonne de purin, dont une vanne mal fermée laisse couler sur la route un liquide brunâtre à l'odeur persistante. Malheur au touriste égaré que le hasard amène derrière eux. Il a tout le temps, avant qu'un carrefour salutaire ne lui permette de prendre la tangente, de se repentir de son erreur d'itinéraire. Imperturbables, les PQ poursuivent leur chemin en pétaradant, aveugles malgré les trois immenses rétroviseurs censés les prévenir d'une présence derrière eux, sourds au concert d'avertisseurs qui les invitent à se presser.

Parvenus à destination, ils bifurquent brusquement sans plus de précaution, s'élancent sur le champ à traiter et mettent en action leur puissant épandeur à merde.

C'est le moment, pour celui qui roule en voiture à proximité, de redoubler de vigilance s'il ne veut pas voir son pare-brise et sa carrosserie se consteller d'une myriade de petites taches brunes. La vigilance s'impose d'autant plus quand on est à pied ou à bicyclette. Parfois, un piéton étourdi, surpris par le rayon d'action de la machine que le vent de nord-ouest contribue à agrandir, se voit ainsi, en l'espace de quelques secondes, passer du statut de monsieur bien comme il faut à celui de répugnant personnage. Il ne lui reste plus qu'à faire demi-tour et à rentrer chez lui par le chemin le plus court, en priant le ciel de ne pas rencontrer quelque connaissance.

Même en cet instant où leur triomphe est indiscutable, on ne les voit pas sourire, les frères Brument. Tout juste si un éclair de malice traverse leurs yeux inexpressifs. C'est qu'ils ne sont pas du genre à manifester leurs sentiments. Les accolades, les effusions, ce n'est pas leur tasse de thé. On ne les voit jamais s'esclaffer au café où ils ne mettent presque pas les pieds, ni derrière le verre de calva d'un client, et encore moins à la fin d'un repas bien arrosé. Est-ce leur travail qui leur a donné cette tournure d'esprit, ce regard vide ? Il a sûrement contribué, en tout cas, à affirmer leur nature taciturne.

Ils habitent avec leur mère une petite maison basse à colombages, aux murs en torchis. La moitié du toit est en chaume, l'autre, celle qui est la plus exposée aux intempéries, est recouverte de tôles disjointes que les fortes tempêtes secouent à longueur de nuit. Été comme hiver, une fumée blanche monte de la cheminée en briques, dont les joints ont besoin d'être refaits et qui menace de s'écrouler. Au-dessus de la porte d'entrée, les trois petits carreaux supposés apporter un peu de lumière à l'obscur couloir ont été remplacés par un rectangle de carton sur lequel on peut encore lire le nom d'une marque de chocolat qu'on ne trouve plus dans le commerce depuis longtemps. Deux marches aux arêtes arrondies par le temps mènent jusqu'au seuil de la maison. Je pourrais, vu le nombre de lettres recommandées que j'ai à présenter aux deux frères, les gravir plusieurs fois par semaine, mais je m'en abstiens. Je sais ce qui m'attend derrière la porte. Un fox-terrier dépourvu de raison et un épagneul breton qui ne veut pas être en reste gardent la tanière de vingt mètres carrés où est retranchée la vieille mère Brument. Peu enclin à me laisser dévorer, je reste prudemment au volant de ma C 15, klaxonnant à tout-va jusqu'à ce qu'elle daigne se manifester, ce qui n'est pas toujours le cas. Malgré les épaisseurs de vitrage, de mur et de tôle qui nous séparent, j'entends distinctement les aboiements furieux des deux enragés pressés d'en découdre. Une fois sur deux, je vois la lourde porte s'entrouvrir difficilement en frottant sur le pavé bicentenaire.

– C'est pour qui ? me lance abruptement la mère Brument quand elle est parvenue à la voiture.

EDF… La flotte… AXA… Parfois les trois en même temps. Les Brument n'ont pas fréquenté les bancs de l'école avec beaucoup d'assiduité et ce n'est pas pour parfaire leur éducation que leur mère les a gardés auprès d'elle : on avait besoin d'eux. Ignorants des clauses suspensives, des rappels avant poursuite, alinéas et autres subtilités administratives, peu versés dans les écritures, ils ne règlent leurs factures qu'après plusieurs rappels à l'ordre.

La mère Brument signe l'accusé de réception d'une écriture tremblotante. Malgré l'heure matinale, il se dégage de son haleine, ses dents cariées n'arrangeant pas les choses, une odeur fétide de rhum bon marché additionné d'ail. Certains voisins prétendent qu'elle ne décuite jamais. Je les crois bien volontiers.

Une fois seulement, j'ai eu l'occasion de pénétrer dans la demi-chaumière, sans m'être au préalable assuré que je ne courais aucun risque. Une attaque de goutte tenait la mère Brument clouée dans son fauteuil. Elle avait amarré court les deux chiens au pied de la table. Ils s'étranglaient de dépit et se querellèrent tout le temps que je fus à l'intérieur, entraînant jusqu'au milieu de la pièce la table appuyée d'ordinaire contre la fenêtre. De la cuisinière mal ramonée au tuyau percé s'échappait une fumée grise qui avait fini par imprégner tous les meubles. De longues traînées brunâtres dégoulinaient le long des murs tapissés d'un papier dont les motifs avaient presque complètement disparu. Vêtue de sombre, le visage maquillé de suie, les yeux brillants de fièvre enfoncés dans leurs orbites, la malade s'intégrait parfaitement au décor.

Entre les solives du plafond, des centaines d'araignées avaient tissé une immense toile qui recouvrait toute la cuisine. Au-dessus de ma tête, les arachnides déployaient une intense activité. Une mignonne épeire boulottait une mouche exsangue, tandis qu'une de ses consœurs se hâtait avec une lenteur sadique vers une nouvelle proie dont l'inquiétude faisait peine à voir. En une seconde, j'entrevis le pire des scénarios catastrophes. À mon grand soulagement, il ne se passa rien. L'erreur de manipulation d'un savant fou ne transforma pas les méchantes bestioles en géantes mangeuses d'hommes. Le danger ne pouvait venir que d'en bas.

Sous la table encombrée par une vaisselle de huit jours, et sur laquelle j'eus toutes les peines du monde à trouver un endroit propre pour faire signer la mère Brument, les deux fauves, tout en se chamaillant, livraient un combat désespéré contre la corde qui les entravait. Craignant qu'ils ne parvinssent à leurs fins avant que j'aie eu le temps de mener à bien ma mission, je précipitai un peu le mouvement, ôtant des mains de la malade le stylo auquel je tiens.

– J'ai pas mis la date, gémit-elle, surprise.

– C'est pas grave, je le ferai.

Et je pris la fuite, la meute se jetant aussitôt à ma poursuite en tirant la table sur laquelle les reliefs de repas, les assiettes sales, les verres au travers desquels on n'y voyait plus clair, les couteaux ébréchés, bouteilles et autres boîtes de conserve se mirent à jouer une symphonie qu'un jeune compositeur contemporain n'aurait pas trouvée sans intérêt.

Les PQ, on ne leur connaît pas d'aventures sentimentales. Toujours ensemble, Dupont et Dupond de la fosse septique, il leur faudrait croiser le chemin de jumelles qui leur correspondent. Ils ne fréquentent pas le Pacific, la boîte où l'on danse et où l'on peut faire des rencontres. On ne les voit pas non plus aux fêtes de village où se presse la jeunesse agricole et où se nouent des idylles. Peu causants, maîtrisant mal la langue courtoise, ils fuient comme la peste les endroits où il faut parler. Ils participent parfois à un concours de dominos, qu'ils disputent honorablement mais sans plus, se classant invariablement au milieu du tableau et à quelques places l'un de l'autre.

Ils passent la plupart de leurs dimanches après-midi devant les machines à sous du casino d'Étretat. Quand ils ont épuisé leur réserve de jetons, ils s'appuient pour le reste de la journée contre un des bandits manchots, s'enivrant des lumières clignotantes, du cliquetis métallique des appareils et de la musique grisante des pièces tombant en rafale dans les gobelets.

Ils pourraient compenser le manque affectif dont ils doivent souffrir par la lecture de magazines sur lesquels des femmes dénudées exposent avec impudeur leurs attraits à tous les regards – dans des attitudes suggestives propres à décoincer le plus endurci des célibataires. Mais non ! Je sais qu'ils sont abonnés à *L'Union agricole*, comme tous les gens de la terre, et au *Journal de Criquetot*, qui leur donne les nouvelles du coin. Ils ne reçoivent aucune de ces revues dont le caractère licencieux n'échappe pas à l'œil exercé du facteur et que l'éditeur, par un souci de discrétion suscitant la curiosité, croit bon d'envelopper d'un plastique noir. Chez le marchand de journaux, ils achètent quotidiennement *Le Havre libre* et une fois par semaine *Télé loisirs*. Pendant qu'ils procèdent à ces achats, le moteur de l'imposant tracteur tchèque, de marque AVTO, continue de tourner. Sans un regard pour ceux qui s'impatientent derrière eux, ils grimpent dans leur engin à l'embrayage chatouilleux, qui se cabre tel un mustang quand ils lèvent le pied de la pédale, tandis que le tuyau d'échappement surplombant la cabine crache trois bonnes bouffées de fuel brûlé.

Vingt ans qu'ils sont dans la même boîte. L'entrepreneur qui les emploie ne peut que se louer de leurs services. Peu exigeants, toujours disponibles, d'une résistance de cheval de trait, ils s'acquittent de leur tâche peu ragoûtante sans une plainte et sans montrer d'impatience, qu'il pleuve, qu'il neige ou qu'il vente. Les clients apprécient leur ponctualité et leur savoir-faire. Ils ne manquent pas de les en remercier en leur donnant « la pièce » que les deux frangins fourrent dans la poche ventrale de leur combinaison sans un mot de gratitude. C'est ce pourboire qui leur servira à assouvir leur passion du jeu ; la gestion de leurs émoluments étant confiée à leur mère.

C'est au mois de septembre qu'ils se montrent un peu plus fébriles, les Brument. Oh, c'est imperceptible, et un œil mal exercé ne percevrait pas de changement notoire dans leur comportement, mais, pour moi qui les pratique plusieurs fois par semaine, c'est flagrant. Cela se manifeste par des poignées de main plus appuyées, des formules de politesse du genre « Merci » et des regards un peu moins inexpressifs. Sans aller jusqu'à faire preuve de courtoisie avec les automobilistes que leurs déplacements importunent, ils se montrent soudain soucieux du code de la route, ne jouent plus systématiquement avec leur gabarit et consentent à ralentir, offrant ainsi une petite chance à ceux qui les suivent de les doubler. Ces brusques civilités sont les signes d'une grande impatience qui ira croissant jusqu'au jour fatidique de l'ouverture de la chasse. Passé cette date, l'enthousiasme des premiers jours retombé, ils redeviendront ce qu'ils sont foncièrement, hermétiques et obtus.

Car les frères PQ ont une passion qui les dévore : la « Cache ». Ils sont « cacheux », viscéralement. Leur flegme, leur coup d'œil qui ne trahit aucune émotion, leur faculté à s'adapter aux aléas climatiques, leur mépris tout professionnel de la gadoue confèrent à leur sortie dominicale des allures de carnage. Flanqués du fox-terrier et de l'épagneul, rabatteurs et rapporteurs d'exception, ils écument les champs de betteraves sous un ciel presque aussi plombé que le cul des « garennes » que leur flair infaillible débusque.

Je n'apprécie que moyennement ces pratiques d'un autre âge et j'ai peu de sympathie pour ces tartarins accoutrés en paras qui délaissent femme et enfants afin de s'adonner à leur coupable industrie, leur seul risque étant de se prendre une balle perdue, de se choper un mauvais rhume ou, plus souvent et juste retour des choses, de se faire doubler par un chaud lapin. Mais m'élever ouvertement contre ces rois de la gâchette risquerait de me mettre à dos une bonne moitié de mes clients agriculteurs, attachés de façon atavique à cette tradition, à ce droit hérité de la Révolution, comme se plaît à me le rappeler la vertueuse Marie-Antoinette, dont le prénom n'a pas été choisi au hasard par ses parents monarchistes, et qui me soupçonne d'être de gauche depuis que j'ai fait grève. Aussi, je ferme les yeux sur cette funeste activité qu'il m'est d'autant plus difficile de condamner que ceux qui s'y livrent m'associent parfois à ses bénéfices en déposant dans leur boîte aux lettres, comme une offrande au dieu Hermès, qui une grive, qui un ramier ou une perdrix, quand leurs congélateurs sont pleins à craquer ou que leur tableau de chasse est particulièrement beau.

Les Brument, eux, poussent la générosité jusqu'au lièvre que leur boîte a toutes les peines à contenir ; son couvercle mal fermé laisse dépasser les pattes de l'animal de chaque côté. Ainsi, en se livrant à leur sport favori, améliorent-ils mon ordinaire plusieurs fois dans la saison, et je ne peux décemment pas les en blâmer. Le faire éveillerait leurs soupçons et susciterait de l'incompréhension. J'accepte donc bien volontiers, malgré moi, ce présent cynégétique ; mon cordon-bleu l'accommodant de telle manière qu'à ma courte honte, j'avoue prendre du plaisir à le savourer.

On ne s'étonnera pas du choix des PQ au moment des étrennes. Sans daigner jeter un coup d'œil aux autres calendriers que je leur présente, ils reviennent invariablement à leur principale préoccupation. Sur un des côtés, le chasseur casquetté, fusil cassé au bras gauche, avec à ses pieds son fidèle épagneul tenant dans sa gueule une perdrix. De l'autre – bien que la pêche leur soit totalement étrangère et que la vue d'une cuvette emplie d'eau suffise à les effrayer, mais par solidarité je suppose –, un pêcheur chaussé de cuissardes, dans l'eau vagabonde jusqu'aux genoux, dont la ligne tendue en arc de cercle laisse augurer une prise d'importance. En plus des présents en nature, et peut-être en hommage à leur défunt père facteur, les Brument ne se montrent vraiment pas radins. Ils extraient d'un portefeuille aux angles racornis un billet dont le chiffre, en croissant d'année en année à un taux infiniment plus élevé que celui de la Caisse d'épargne, a plus que doublé en une décennie. Je me confonds en remerciements, mais sans trop en faire, leur impassibilité m'interdisant toute effusion inconsidérée.

*

Elle est en train de repriser des chaussettes, les lunettes sur le bout du nez, ses cheveux gris tirés en arrière. Appuyée contre le chambranle de la fenêtre pour mieux y voir, elle lève à peine les yeux de son ouvrage quand je passe le refend. Le côté cuisine est tapissé de cinq ou six calendriers d'origines diverses dont les jours sont comptés : celui des pompiers, celui des poubelles, celui du grainetier, celui des écoles, celui du marchand de fuel et, enfin, se détachant des autres par sa singulière délicatesse, celui de la Poste.

Un pot de peinture acheté en réclame chez Palace, c'est l'Amérique a permis à Bernadette de badigeonner d'un bleu bord de mer breton toutes les boiseries de la maison, des volets aux solives en passant par le linteau de la cheminée et même les clenches des portes qu'elle n'avait pas pris la peine de démonter quand elle a entrepris ses travaux et dont la couleur commence à s'écailler. La retouche qui s'impose attendra l'été prochain, quand il sera possible de laisser la maison ouverte et que la chaleur raccourcira le temps de séchage.

– Calendriers.

– Je t'attendais.

Plus de vingt ans que je procède de cette manière. Le troisième lundi de novembre est le jour inaugural des calendriers et je sais d'avance quels sont les clients qui recevront ma visite ce jour-là. Ils ont pour particularité de ne pas trop s'appesantir sur le sujet. Aucun, je le sais, ne me proposera le café ni l'apéritif, c'est ainsi. S'il survenait qu'un d'eux le fasse, rompant la tradition, je refuserais vertueusement, alléguant un taux de cholestérol élevé, ce qui impliquerait immédiatement pour le client l'idée de crise cardiaque et subséquemment la disparition brutale de son facteur préféré. Partons sur de bonnes bases. La belle détermination que j'affiche en ce premier jour connaîtra quelques ratés d'ici la fin décembre, feignons de les ignorer.

Au fur et à mesure que j'aligne mes calendriers sur la table aux pieds bleus, je vois s'agrandir les yeux de Bernadette.

– Ben dis donc, y a du choix ! s'extasie-t-elle.

Dans sa voix, une pointe de fierté, comme si elle me savait gré d'être parmi les élus de la première heure.

– Ça, c'est sûr, les derniers seront moins bien, fais-je, laconique.

Je me fendrai encore de cette ritournelle une bonne centaine de fois. Après, les réserves s'épuisant, je me garderai de toute remarque, me contentant de mettre en avant les calendriers qui ont le moins marché.

– Voyons, qu'est-ce que tu nous proposes de beau ?

Elle abandonne son ouvrage, se lève lourdement de son fauteuil, chausse un peu mieux ses lunettes.

– Papa, il en a marre des petits animaux et des petits enfants. Si y avait que moi, tu sais celui que j'prendrais. Mais faut bien changer un peu.

Ses yeux, trahissant sa pensée, reviennent malgré elle se poser sur un beau chat roux, qu'ils ne quittent plus. Silence prégnant. J'aperçois, par le petit carreau de la fenêtre, « papa » en train de brouetter du fumier, un mégot de gitane au coin des lèvres. Le bas du visage de Bernadette est saisi d'un tremblement convulsif qui va en accélérant, avant que n'éclatent ses sanglots et que l'émotion ne lui fasse retrouver son patois originel.

– Man ti peï… Man titi. Man pauv' manant… Ils me l'ont tué, ces salauds-là.

Sa façon de mettre l'accent sur « salauds » laisse à penser qu'elle ne leur pardonnera jamais.

– Qui ça, ma bonne Bernadette ? je demande, un brin décontenancé.

Ma question ne fait qu'accroître son ressentiment.

Elle pleure sans retenue, embuant les verres de ses lunettes.

– Les Brument, tiens ! lâche-t-elle entre deux hoquets. Y a pus un seul cat dans l'coin !… C'est eux, tout le monde le sait… On leu dit rien.

Et elle redouble de sanglots, baptisant les calendriers qui connaîtront d'autres averses. Son chagrin fait peine à voir.

– Les PQ ? dis-je, faussement surpris.

– Oui, les PQ… Y font du ball-trap tous les soirs… Y peuvent pas les veï… Y disent qu'y leu font du tort dans le gibier, qu'y maquent les p'tits lapins… Comme si !… Aveuc tout c'qu'on leu z'achète comme boîtes, conclut-elle en haussant les épaules.

Ainsi, sous le fallacieux prétexte de concurrence déloyale, les Brument se livrent-ils après leur boulot à un véritable génocide félin. Au temps des pharaons, quiconque tuait un chat était condamné à mort. Les deux énervés de la gâchette s'y seraient repris à plusieurs fois avant de commettre leur forfait. Cette belle époque est hélas révolue. Le Moyen Âge et ses superstitions sont passés par là. Depuis, le chat continue d'être pour certains esprits crédules cette créature satanique qu'il faut à tout prix rayer de la carte. Sous mes yeux horrifiés, dressés sur leurs pattes de derrière, défile la cohorte des greffiers promis à une fin atroce : celui de la mère Michel – je me garde bien, depuis que je connais le nom de son assassin, de mettre dans mon Caddie les spaghettis d'une certaine marque ; tous ceux du siège de Paris qui finirent en civet ; celui d'Émile qu'un fou du volant a pris pour cible la semaine passée et qu'une centaine d'automobilistes pressés ont transformé en carpette ; et tant d'autres malheureuses victimes de la cruauté des hommes.

Mon cœur se révulse à l'idée que l'on puisse attenter aux jours de Miaou, le bel animal noir et blanc qui partage mes soirées au coin du feu, même s'il lui arrive parfois, en signe d'amitié, de déposer sur le seuil de ma porte un frêle rouge-gorge à moitié croqué, ou de me mordre le mollet quand je tarde à sortir sa boîte du frigo.

Pour me rassurer, je me dis que certains de leurs congénères parviennent malgré tout à s'en tirer sans trop de bobos, exemple : Félix dont la joue s'orne d'un beau sparadrap ; Tom dont la propension morbide à vouloir capturer l'insupportable Jerry l'entraîne un peu trop souvent à mon goût entre les pattes de l'infâme Brutus, cerbère au collier hérissé de clous ; les chats de Léautaud à qui un brave agent, en stoppant net la circulation, permettait d'emprunter le passage clouté sans courir le risque de se faire ratatiner. Et l'increvable Bébert de Céline. Mais tout de même !

Décidément, les insondables PQ sont allés trop loin et ils seront châtiés de la manière qu'il convient. Le rituel calendrier avec son chasseur ne sortira pas de ma musette cette année. Ils en seront quittes pour deviner les levers et couchers du soleil et de la lune. S'il leur venait à l'idée de s'en étonner – On t'a pas oco vu pou l'calendrier ? –, je saurais quoi leur répondre. Ah mais !

Début décembre, la mère Brument a jugé bon d'aller rejoindre son mari facteur, le jovial Marcel qui lui avait tant donné, en particulier, souvenir d'un service militaire accompli à la Martinique, le goût des plats épicés et des boissons fortes qui vont avec. On a longtemps épilogué dans le hameau sur les causes de son décès. La thèse officielle fut pneumonie, mais peu y ont cru. La veille, Bébert l'avait aperçue qui se dirigeait en titubant vers ses « cabanes à lapins », ses clapiers, auraient dit les Mathé. Elle n'avait pas l'air de tousser ni d'avoir froid, elle n'avait pas pris la précaution de nouer une écharpe autour de son cou, alors ? Pierrot le docker a résumé l'impression générale par un laconique :

– La mère PQ était au bout du rouleau.

Peu de gens ont assisté à son enterrement, malgré les nombreuses connaissances que les deux frangins s'étaient faites dans la région. La cause principale de ce manque d'affluence a été imputée à un court-circuit qui privait l'église de chauffage depuis trois semaines. « Il aime à se faire prier », disait monsieur le curé en parlant de l'électricien qui tardait à venir réparer. « Aller à un enterrement pour attraper la mort » a donc été la raison invoquée par les nombreux absents.

Entre deux hameaux à desservir, repassant par le bourg, j'ai fait une courte apparition à la fin de la messe, dans mon bel uniforme dont le bas du pantalon commençait à se maculer de boue, juste à temps pour signer le registre obituaire, descendre la nef au pas de course avec un air contrit, bénir le cercueil, avant de remonter par le bas-côté en distribuant des poignées de main à quelques clients endimanchés qui sentaient l'eau de Cologne bon marché et s'enquéraient si j'avais du courrier pour eux.

À l'instant où je mettais le contact, j'ai entendu qu'on galopait derrière la voiture. Un coup d'œil dans le rétroviseur m'a averti qu'un des frères PQ approchait. J'ai abaissé ma vitre, intrigué. Quand il a été à ma hauteur, dans le bruit du moteur qui s'élançait, il s'est penché vers moi, un peu essoufflé, et m'a dit : « As-tu not' calendrier ? » La douleur t'égare, ai-je pensé malgré moi en farfouillant dans ma sacoche à la recherche de l'almanach. Sans plus de cérémonie, il s'en est saisi, m'a jeté un billet plié en quatre sur les genoux et s'en est allé en courant rejoindre le cortège.

Après avoir fait le tour de l'église, et avant de tourner à gauche afin de reprendre le cours de ma tournée, j'ai aperçu le corbillard qui s'ébranlait. Précédant les quelques membres de la famille qui s'étaient déplacés, les deux Brument marchaient côte à côte, impénétrables. L'un d'eux, le plus jeune, serrait sous son bras gauche le calendrier, dont le bout qui n'était pas caché laissait voir un épagneul breton tenant dans sa gueule une perdrix.

Le mousse

René le boulanger m'a à la bonne, grand-père l'emmenait à la pêche quand il était jeune. Devant un café brûlant, les yeux cernés par la nuit blanche qu'il vient de passer, le teint farineux, il me parle du temps où Bruneval était encore Bruneval, et des longues files de voitures garées jusqu'au calvaire, et même plus loin quand la journée avait été caniculaire. Il me raconte l'enthousiasme des baigneurs quand le doris accostait sur les galets, les petites nageuses qu'un rien de tissu préservait des regards, les découvertes que l'on faisait en déroulant le filet, les soles comme ça – il me montre son avant-bras –, livrant un ultime combat contre l'asphyxie, les tourteaux et leurs pinces que l'on feignait de mettre entre les mains des enfants effarouchés, les plaisanteries à l'adresse des dames qui ramenaient toujours à la mer, du temps où Bruneval était encore Bruneval.

Mais c'est au portrait de mon grand-père que je suis le plus attentif. Je revois le grand blond baraqué, à l'œil bleu malicieux, que les études imposées par mon père, soucieux de mon avenir, m'ont fait négliger. Combien je déplore mon goût immodéré d'alors pour la lecture qui me tenait éloigné du monde des vivants. Et, quand René conclut son panégyrique par le rituel : « Ah ! C'était un sacré bonhomme, ton grand-père ! », tout est dit, et je maudis le mauvais penchant auquel je l'ai sacrifié.

Non que grand-père fût une brute mal dégrossie. Certes, il ne faisait pas toujours dans la dentelle, rien d'étonnant vu ses paluches, mais ses aventures lui avaient ouvert les yeux et sa bonté naturelle valait toutes les délicatesses. Maman disait : « Je l'aime bien mon beau-père… même quand il remonte de Bruneval complètement pété. » Ce qui lui arrivait plus souvent qu'à son tour. Le Solex connaissait la route par cœur. Le dernier raidillon, grand-père le montait à pied, laissant le galet patiner sur le pneu brûlant du vélomoteur.

C'est aussi cela que René se plaît à évoquer, les bitures sévères qu'ils se sont prises et les dames peu farouches qu'ils embarquaient. Grand-père avait une réputation de séducteur à soutenir. Grand-mère ne s'en formalisait pas outre mesure. À son âge, il y avait prescription. Elle avait essuyé d'autres tempêtes. Il avait connu les cap-horniers et le guano du Chili, avait été terre-neuvas, fait escale à Shanghai, à Dakar il avait rencontré Lila, la petite Sénégalaise aux chevilles cerclées d'anneaux dans lesquels il se prenait les pieds. Qu'avait à craindre grand-mère, maintenant que son champ d'action se réduisait à quelques kilomètres ? L'évocation de la jolie Wolof, dont grand-père vantait la sensualité à la fin des banquets, la faisait sourire. Elle n'ignorait pas les exploits nocturnes dont il était aujourd'hui capable. Sa prostate et son diabète, qui l'entraînaient plusieurs fois par nuit aux toilettes, lui interdisaient toute autre activité. Et puis, dans le fond, grand-mère était bien contente d'avoir été préférée à la belle Africaine.

René me cite tout de même les noms de quelques vieilles dames, bien vieilles à présent, dont j'imaginais mal qu'elles aient pu avoir une libido aussi épanouie.

– Albertine ?

Cette bigote sur le tard n'a pourtant rien d'une courtisane, mais si j'en crois René…

– Tu l'as pas connue, Albertine ? À l'époque, y en fallait. À c'teu évidemment !

Devant mon scepticisme, il m'apporte, sous forme de contrepèterie, la précision qui ne laisse plus de doute quant au goût d'Albertine pour le sexe fort et les travailleurs de la mer :

– Elle aimait les peaux de roussette.

Son œil pétille de malice et je ne m'étonne plus que grand-père le solitaire ait pu l'accepter à son bord. Grand-père n'était pas très loquace, sauf quand il avait un « coup dans le nez ». Il révélait alors sa vraie nature et faisait se tordre de rire des tablées de convives.

René fourmille d'anecdotes. Les parties de pêche muettes qu'il a passées avec grand-père, auxquelles succédaient de longues nuits dans son fournil, lui ont donné la même tournure d'esprit que son compagnon. Il n'a pas besoin de vous allonger sur le divan pour savoir qui vous êtes. Il vous jauge en dix secondes. Tout en vous laissant une petite chance avant de rendre son jugement. Heureux pour moi, mes paravents de mots et mon regard fuyant qui sont pris à tort pour de la pudeur. Trente années au service du public m'ont tout de même fait faire quelques progrès. Et c'est désormais d'égal à égal que je converse avec René. N'avons-nous pas les mêmes clients ?

Quand nos tournées respectives nous le permettent, nous faisons assaut d'amabilité. Car René ne se contente pas de faire le pain, il le livre à domicile, parcourant les hameaux éloignés où habitent les agriculteurs qui n'ont pas le temps de se rendre au bourg. Son klaxon trois tons à l'enrouement tenace est bien connu. Il avertit de son passage imminent les petites vieilles à qui je rends visite et qui me laissent en plan pour courir vers lui en cherchant l'appoint dans leur porte-monnaie. Chez les agriculteurs retenus aux champs, on paie à la semaine. René coince le pain de quatre livres – ça fait plus de profit – derrière les barreaux de la fenêtre. Il me précède de quelques pare-chocs.

Parfois, à un croisement, nous procédons à des échanges. Quand les plis ne sont pas trop confidentiels, je lui confie mon courrier. Il me fait gagner deux ou trois minutes que je pourrai consacrer à mon copain Fernand, un client avec qui je me suis lié d'amitié. De mon côté, lorsqu'une tempête de neige commence à combler les chemins creux, ou que l'extra que René emploie deux heures dans la matinée au moment du coup de feu lui a fait faux bond, j'encombre l'arrière de ma C 15 d'une corbeille de pains qui embaument l'habitacle et donnent des envies de casse-croûte jambon beurre. En me gratifiant d'un coup d'œil, René enfonce tout droit une baguette dans la caisse de courrier, de telle sorte que son installation ait un côté phallique qui me vaudra des remarques pendant toute la matinée. Je lui dis : « Je viendrai la payer à la boutique. » « Ça va pas, non ! fait-il, outré. Viens plutôt prendre un café avant de rentrer à la poste. » Je n'en aurai pas le loisir. Mermoz du pays de Caux, je vais devoir me confronter aux éléments, franchir la cordillère du père Duparc, une montée en sous-bois sur un chemin raboteux, parmi les fougères et les lapins qui en jaillissent, me poser en catastrophe près de l'oued qui borde la maison des Avenel en veillant à ce que mon coucou ne capote pas dans la mare. Après toutes ces aventures, je n'aurai plus qu'une idée en tête : retrouver la douceur du foyer. Mais ce n'est que partie remise.

Avec René, rien ne se perd, ni les gentillesses, ni les tours de cons. Il a encore ça en commun avec grand-père : la mémoire. Toutefois, il ne lui viendrait jamais à l'idée de se venger. Il garde en réserve les mesquineries et les fausses pièces qu'on essaie de lui refiler. Pas dupe, mais un peu déçu tout de même. Les égards, il y répond par de petites attentions disproportionnées, tout comme grand-père. À défaut de homards, c'est en viennoiseries qu'elles se concrétisent. Je ne compte plus ses dartois à la pomme qui laissent parfois des traces sucrées sur les lettres.

– Donne un dartois à Bob, lance-t-il de son fournil à l'adresse de Germaine qui officie au comptoir.

Germaine se montre un peu réticente. Elle connaît des difficultés de trésorerie, du moins le prétend-elle. Elle n'aime pas gaspiller, résiste pour la forme car elle m'aime bien aussi. Quand elle tarde à s'exécuter, René, en marcel, fait une apparition de Pierrot lunaire au coin de la porte.

– Tu y donnes, oui ! s'exclame-t-il en haussant le ton.

Germaine ne se le fait pas dire trois fois. Elle a seulement voulu lui rappeler que ce n'était pas facile tous les jours.

– Elle me prend pour un con, me confie-t-il parfois. Comme si que je le sais pas ! Et pour faire bonne mesure, il ajoute, d'une voix forte pour être bien entendu : On l'enterrera pas avec son pognon ! Puis, plus bas : Ton grand-père avait coutume de dire : Je préfère vivre en première et être enterré en troisième, plutôt que le contraire… Il avait bien raison le vieux…

Ils en ont connu tous les deux des pêches miraculeuses englouties derrière le comptoir de la mère Argentin, un petit troquet aujourd'hui disparu tapi dans un nid de verdure. « La tournée des bars », avait répondu grand-père à Pierrot le docker qui s'étonnait de ses largesses. Il entendait par là que c'était grâce à cette sorte de poisson, dont il avait remonté quarante-huit spécimens la veille, qu'il pouvait se montrer généreux. Un restaurant d'Étretat lui avait pris le tout pour une somme rondelette dont grand-mère n'avait pas vu le moindre centime.

– Un p'tit calva pour la route, lance René en tirant du bas de son buffet une bouteille sur laquelle est écrit « Bartissol ».

D'un geste empreint de tendresse, il dévisse le bouchon en métal autour du goulot. Sans attendre mon accord, il me verse une rasade d'eau-de-vie dans la tasse, qu'il remplirait à ras bord si je n'y prenais garde.

– Pas trop, René, pas trop ! dis-je en levant ma tasse pour l'empêcher de continuer.

– Allez, ça peut pas t'faire de mal, insiste-t-il en m'en remettant une larmichette. Ton grand-père y en fallait d'autre pour l'étourdir. Puis, avec un clin d'œil qui me montre une paupière exempte de farine : La fine, ça devrait se déguster sans pain.

En descendant dans ma gorge, l'alcool me laisse une brûlure délicieuse. Insatisfait, René s'en ressert un soupçon qu'il fait lentement tourner afin que le sucre resté dans le fond de la tasse se mélange avec le calva. Puis il avale le tout d'un coup sec, selon une habitude contractée auprès de grand-père. Je fais de même. Il range ensuite la bouteille avec d'infinies précautions, mais il est trahi par la porte disjointe du buffet dont les gonds en pivotant font entendre un léger couinement. C'est plus qu'il n'en faut pour attirer l'attention de Germaine. De l'autre côté de la paroi, dont la partie supérieure est en verre dépoli, et nonobstant l'heure avancée de la matinée, elle ne chôme pas et a bien perçu le bruit.

– Oh, oh ! Doucement la goutte ! grince-t-elle.

– Un fond, un fond… T'as vu le temps qu'il fait dehors, se défend René en lui rappelant les trois degrés au-dessous de zéro qu'affichait le thermomètre en ce matin de décembre.

Puis il me fait un geste de la main signifiant qu'il serait risqué d'insister, et me glisse en aparté : « T'inquiète pas, hier soir, elle a reçu toute la farine sur sa mante », faisant une fois de plus allusion à sa brève carrière de mousse en même temps qu'à son métier de boulanger.

Une cliente qui vient d'entrer dans le magasin lui évite une nouvelle remarque. C'est la petite mère Décultot, une mémé d'un peu plus de quatre-vingts ans, que les deux kilomètres séparant le bourg de son hameau ne découragent pas de faire ses courses à pied. Qu'il pleuve, qu'il neige ou qu'il vente. C'est à cet exercice matinal qu'elle attribue sa longévité. Au retour, elle éprouve parfois les pires difficultés à porter ses deux cabas, surtout quand ils sont lestés d'un pack de six bouteilles d'eau. Vaillante, elle refuse de la tête l'aide que les automobilistes voudraient lui apporter. Moi seul trouve grâce à ses yeux. Il ne m'a pas fallu moins de vingt ans pour apprivoiser cette trotte-menu.

– Mettez vos commissions dans la voiture, Jeanne, je serai là-bas dans une heure.

Sa discrétion lui interdisant de claquer la portière, unique moyen pourtant de bien la fermer, je devrai y remédier en redémarrant si je ne veux pas jouer au Petit Poucet avec les colis.

À peine la grand-mère a-t-elle refermé la porte du magasin derrière elle que Germaine, qui considère décidément que René en prend un peu trop à son aise, revient à la charge, profitant du froid vif qui espace l'arrivée des clients. Mais c'est un tout autre sujet qu'elle aborde.

– Tu y as téléphoné à Bayrou ?

René semble un peu pris de court. Comme le problème a dû être maintes fois évoqué depuis trois semaines, il ne met pas longtemps à réagir.

– Oui, j'y ai téléphoné à Bayrou, réplique-t-il avec humeur.

Il met l'accent sur Bayrou et cela a pour effet immédiat de faire sortir Germaine de ses gonds. Abandonnant baguettes et biscottes, elle déboule, furibarde, dans la cuisine. J'adopte aussitôt une attitude réservée, m'efforçant d'occuper le moins de place possible sur ma chaise.

– Et qu'est-ce qu'il t'a répondu, Bayrou ?

La voix de Germaine a encore monté d'un cran.

– Il m'a répondu, madame – formule de politesse qui en dit long sur le degré d'exaspération de René –, que l'expert vient mercredi à deux heures, voilà ce qu'il m'a répondu, Bayrou, madame ! rétorque-t-il triomphalement.

Cette révélation fait tomber la colère de Germaine.

– Et t'aurais pas pu me le dire plus tôt ? lâche-t-elle en retournant à ses bâtards.

– C'est vrai qu'ils exagèrent, concède René à voix basse. Bientôt un mois que la vitrine a été descendue par ce con.

Le con en question, c'est Sébastien, le fils des Berry, un intello en goguette qui a raté son virage un samedi matin sur le coup de quatre heures – « par temps clair », a précisé le rapport de gendarmerie –, en revenant du Pacific, la boîte où l'on danse. Sans doute distrait par les basses de la sono poussée à fond dans la 205 boostée, et surpris par la vitesse excessive à laquelle il roulait, il a mordu sur le rebord de la grande courbe longeant la boulangerie et n'a pu, malgré ses efforts désespérés, redresser le bolide, qui a fini sa course dans la vitrine. Le capot de la Peugeot s'est retrouvé couvert à l'instant même de babas, d'éclairs, de jésus roses, candis acidulés, Twix, Bubble fizz, Haribo… Mais Sébastien en est sorti indemne. Il a pris le temps, avant de déboucler sa ceinture, de terminer la conversation qu'il avait engagée sur son portable, la concluant par cette phrase que René a retenue : « Je te ramène des croissants. » Alors, seulement, il a consenti à désactiver l'appareil cancérigène, qu'il a ensuite inséré avec sang-froid dans le boîtier conçu à cet effet. Puis il est descendu de voiture pour passer commande.

Le fait qu'il conduisait d'une seule main n'était en rien la cause de l'accident, a-t-il affirmé avec véhémence. Le fort taux d'alcoolémie relevé par les flics juste après la collision, non plus. Ni le A apposé sur la custode de la voiture, ni l'aiguille bloquée sur 90. Non, le seul, l'unique responsable de cette catastrophe, bien que peu d'électeurs, même parmi ses opposants, adhèrent à cette thèse, c'était le maire et personne d'autre. Depuis le temps qu'on le prévenait du caractère dangereux de ce virage et qu'il ne faisait rien !

Le maire s'est défendu en invoquant le malin plaisir que prenait le conseiller général, d'un autre bord que le sien, à retarder le versement des subventions tant attendues. Les élections approchant, monsieur le maire a vu son taux de sympathisants augmenter sensiblement, gage d'une réélection dans un fauteuil. Quant au conseiller général, malgré une mise au point détaillée dans *Le Journal de Criquetot*, il a vu les intentions de vote en sa faveur diminuer d'un point, baisse ne constituant pas pour lui, si bien implanté dans le canton, un réel danger, mais qui l'a un peu contrarié. Il a passé un savon à son secrétaire et homme de confiance. Une matinée entière de coups de téléphone a suffi au factotum pour résoudre le problème. Si tout va bien, les subventions seront débloquées en janvier et les travaux, après étude, pourront commencer en juin. Ainsi va le progrès.

Le chauffard, clamant son innocence, a été condamné à trois mois de suspension de permis, à quatre points en moins et à 1 500 francs d'amende. Quant à la famille Berry, unanime, elle a juré par tout le village qu'elle ne donnerait plus jamais sa voix au maire, ce qu'elle ne faisait déjà pas en temps ordinaire.

En attendant la visite de l'expert, un panneau en contreplaqué remplace la vitre de trois mètres sur deux qui constituait l'essentiel de la vitrine de la boulangerie. Le jour n'entre plus dans la boutique que par la porte, elle-même en verre. À trois semaines de Noël, c'est un rude coup porté au chiffre d'affaires de René. Si les assurances ne se décident pas avec célérité, il se verra contraint de faire peindre un père Noël sur la plaque de bois, innovation publicitaire à laquelle il n'est pas encore prêt.

– La réclame, la réclame ! s'emporte-t-il. Pour moi, la seule réclame, c'est la qualité. C'est ça qui retient le client.

Point de vue qui pourrait se concevoir si René n'était pas le seul boulanger à cinq kilomètres à la ronde. Car si chacun dans le village s'accorde sur la saveur particulière de son pain, il n'en va pas de même pour ses gâteaux. Ses paris-brest ne font pas l'unanimité. Surtout quand ils arrivent en conclusion d'un repas de communion. On les trouve un peu « bourratifs ».

– Alors, me dit-il, tu me le montres ton calendrier ?

L'heure tourne, il est temps de précipiter le mouvement. Ni lui ni moi ne tenons à ce que l'entrevue s'éternise. J'extrais de ma musette le calendrier que je lui ai choisi.

– Il te va celui-là ? lui dis-je, connaissant d'avance sa réaction.

Pour combler son attente, il en faudrait un avec, d'un côté, une barque immatriculée à Fécamp, sillage frangé de mouettes goulues sur fond de falaises d'Étretat, au moment où le soleil couchant leur donne ces couleurs ocre et jaune si particulières. Les deux silhouettes courbées que l'on devinerait occupées à remonter un filet frétillant de maquereaux seraient la sienne et celle de grand-père. Sur l'autre face, un boulanger en tricot de peau s'emploierait à enfourner cinq ou six belles miches à l'ancienne à l'aide d'une pelle en bois au manche interminable. À défaut, il se contenterait d'une vieille photo tirée du film de Pagnol représentant Raimu, sur les lèvres duquel on pourrait presque lire la célèbre tirade à Pomponnette. Dans l'ombre se tiendrait Ginette Leclerc, repentante et sexy. « C'que j'ai pu me palucher pour celle-là », m'a-t-il confié, un jour.

Comme je n'ai rien de tout ça, il s'en remet à mon choix.

Le phare d'Ar-Men pris d'assaut par les vagues.

– Et voici le phare de douché, me lance-t-il, d'autant plus ravi que Fouché est le nom de l'adjoint au maire.

Au verso, une flottille de chalutiers à la coque blanc et bleu quitte Douarnenez. Surtout pas de bateaux de plaisance. Cela déclencherait la colère de René qui se refuse à prendre pour de vrais marins ces navigateurs médiatiques, aussi solitaires soient-ils, dont les sponsors gonflent les voiles avec ostentation. Les catamarans profilés bondissant sur tous les océans du globe, les quarantièmes rugissants peuvent bien les engloutir avec leurs équipages, il ne versera pas une larme. Pour lui, la grande bleue n'est pas une salle de jeux, mais une manne pour les pêcheurs et leurs familles. La Royale est logée à la même enseigne. « De vaisseau », précise-t-il.

– Bon, mon mat'lot, c'est pas le tout, dit-il en se levant, il faut mettre la main à la pâte, mon cher.

Je lui tends la mienne qu'il serre longuement, non pas pour me manifester son amitié, mais pour s'assurer que j'ai bien compris sa plaisanterie.

– Laissons la pâtissière garder les flans, fais-je en manière de réponse.

Il est aux anges. Je me suis pourtant contenté de reprendre une de ses contrepèteries favorites, qui n'est pas du goût de Germaine, mais qu'il se plaît à lui répéter chaque matin avant de partir en tournée.

– Fais pas la gueule, maman, s'en excuse-t-il en lui donnant un baiser sonore sur le front.

Elle tente de le repousser, mais elle n'est pas de taille à lutter avec l'ancien mousse de grand-père. Alors, elle se laisse broyer avec la réticence passive de ceux que l'on soumet par la force. René relâche brusquement son étreinte. Il sait qu'il n'aura pas le temps d'esquiver la torgnole qu'elle va tenter de lui envoyer. Elle lui en est reconnaissante. Son courroux est de pure forme, il n'est que l'expression de sa pudeur.

– Oh, attends ! Avant de t'en aller, j'ai quelque chose pour toi, me dit-il en se mettant mystérieusement l'index de la main droite sous le nez et en le pointant dans ma direction.

Il disparaît par la porte qui ouvre sur l'appentis abritant la camionnette. J'ai tout le loisir d'admirer la cour où règne un désordre digne d'un inventaire à la Prévert. Les ratons laveurs sont remplacés par des canards claudiquant d'un nid-de-poule à l'autre. Une vieille barque, dont on ne distingue plus les couleurs d'origine, et que René avait achetée à une vente aux enchères au grand dam de

Germaine, achève de pourrir parmi les herbes jaunies. Sa proue est couronnée d'un vieux pneu lisse percé d'une belle estafilade. Une baignoire rouillée, dont on a oublié d'ôter la bonde et dont un pied s'est enfoncé dans la terre, est emplie à ras bord d'une eau verdâtre qu'un souffle de vent irise et qui déborde par à-coups quand le vent forcit. Dans un autre coin de la cour, une caravane sur cales, qui a longtemps servi de lieu de rendez-vous à Richard, le fils de la maison, et que René avait apportée là dans cette intention, a définitivement tiré ses stores de travers.

Richard, un beau brun ténébreux aux yeux de braise, à qui l'on aurait pu attribuer de lointaines origines italiennes – bien que ses parents soient natifs, l'un d'Yport, l'autre de Fécamp –, y recevait nuitamment de belles Cauchoises énamourées, qui ne rechignaient pas à traverser dans le noir la cour semée d'obstacles, au risque de tomber dans la baignoire. Leurs pantoufles de vair en gardaient des traces indélébiles qui signaient leur forfait. La dernière d'entre elles, qui avait eu la prudence de se munir d'une lampe électrique, vit son obstination couronnée de succès. Richard l'épousa et perdit la clé de la caravane.

Pendant tout un hiver, à l'heure où il se penchait sur son pétrin, René avait observé avec attendrissement le petit faisceau lumineux de l'amour.

– Ah, celle-là ! me disait-il, admiratif. Je sais pas ce qu'elle lui fait !

Le crochet que la baignoire contraignait la demoiselle à faire chaque soir le faisait sourire. Le printemps avait reçu la reddition du don juan. La lampe de poche, dont la pile rendit l'âme aux premiers bourgeons, fut oubliée sur les marches en fer qui permettaient d'accéder à la caravane. Elle y est encore.

Du plafond de l'appentis, nouée à une des poutres de la charpente, pend une corde. Le tabouret qui se trouve au-dessous pourrait laisser supposer qu'elle fut accrochée là par un désespéré, qu'un regard sur la cour avait pressé de mettre fin à ses jours. Les taches de sang qui couvrent le sol montrent qu'on en fait un tout autre usage. C'est à cette corde que René pend les lapins et les poulets, et une fois par an le cochon pour la kermesse. La gendarmerie est bien la seule à ne pas entendre les cris que pousse la pauvre bête en voyant le couteau approcher de sa gorge. Le tabouret n'est là que pour éviter qu'on se fatigue en la dépeçant. La menace d'une grève du pain suffit à faire taire ceux que cet abattage clandestin offusque et qui seraient tentés de porter plainte.

René paraît enfin, la tête passée dans une bouée sur laquelle est écrit « Mélie ». Il est porté par un flot de souvenirs. Amélie était le prénom de grand-mère. Grand-père, le trouvant un peu long, l'avait raccourci en « Mélie ». Il en avait baptisé son doris. C'étaient des « Mélie m'attend », quand on essayait de le retenir, et des « Mélie va rouspéter », quand on l'avait retenu (il la savait en chemin vers le bourg). C'était aussi le « Mélie mets l'eau », lorsqu'il lui tendait son verre de pastis. Seulement pour le bon mot car il savait bien qu'elle ne s'exécuterait pas. C'était enfin le désormais classique : « J'ai fait bouillir Mélie. » Avant qu'un député vertueux, alléguant qu'un grand bol de calva pris le matin à jeun au petit déjeuner engendrait des générations de trisomiques, n'en fasse interdire la distillation, excepté aux agriculteurs et à leurs descendants ayant eu la chance de participer au maintien de l'ordre en Algérie. Avant ce noir décret, tout le monde pouvait faire bouillir son cidre. Faire bouillir ses lies, qui sont les résidus du cidre, équivalait à donner au calva un goût de vinaigre sous lequel disparaissait celui de la pomme. Pour un jeu de mots, grand-père eût pris tous les risques, même celui de se fâcher avec son meilleur ami, l'admiration suscitée n'effaçant pas l'insulte.

On lui attribuait aussi – n'était-il pas le porte-drapeau des anciens combattants – cette phrase passée à la postérité du village : « Mon beau-père, il se couche avec la bataille et il se lève avec la victoire. » Après, on le devine, d'âpres combats que grand-père se plaisait à nous décrire à longueur de repas. Sa belle-mère s'appelant Victoire Bataille, son mérite n'était pas grand. Mais tout était dans la manière.

Grand-mère, qui avait gardé du respect pour ses parents, l'interrompait par un « Vas-tu te teï, mal ému. » En vain. Le vin aidant, grand-père se lançait dans d'interminables digressions qui faisaient pouffer les convives. Sa renommée de boute-en-train avait fait le tour du canton. Peu de communions, de mariages, et même de repas d'enterrement, où ses évocations du défunt mettaient en joie ses descendants, qui ne se soient déroulés sans sa présence.

Son propre enterrement fut suivi par une foule recueillie, et néanmoins hilare. Les rires qui secouaient le cortège de façon sporadique n'étaient pas uniquement dus aux souvenirs joyeux que laissait grand-père. Ils étaient aussi, et surtout, causés par les dimensions inhabituelles que Marcel, son copain menuisier-charpentier, avait données à son cercueil.

– Je n'ai fait que respecter les volontés du défunt, protesta ce dernier.

– Je ne le savais pas aussi diminué, fit remarquer Popaul le cheminot.

René en avait profité pour écraser furtivement la larme qu'il ne pouvait plus contenir. Seule fois où on le vit manifester son émotion avec autant d'impudeur.

Le diabète rendait les soifs de grand-père inextinguibles. La gangrène l'avait privé de ses deux jambes. Mais ce n'était pas par souci d'économie – on connaissait sa générosité – qu'il avait demandé que son « pardessus sans manches » fût ajusté à sa nouvelle taille. Et c'était bien malgré lui, du moins le prétendit-il, qu'en cédant à cette exigence, Marcel s'était rendu complice de sa dernière facétie. Le cercueil étant plus court, il ne fut pas nécessaire pour une fois de laisser relevé le hayon de la 203 camionnette pour se rendre au cimetière. Ça tombait bien, il pleuvait des cordes. Marcel refusa vertueusement que la famille lui règle le surcroît de travail qu'avait nécessité ce réajustement, alléguant que ce qu'il avait perdu en boulot, il l'avait gagné en bois.

Ce pied de nez à la mort ajouta encore au prestige de grand-père, mais déplut un peu à monsieur le curé qui y vit un sacrilège. Son homélie qui commença par « Ô ! Mélie », mot d'esprit qui passa au-dessus de la tête d'une bonne partie de l'auditoire, fut un hommage appuyé rendu à grand-mère. Passant sous silence les mérites de grand-père, il loua la patience, l'esprit de sacrifice et la magnanimité de son épouse, se contentant de rappeler que grand-père avait été un grand *pêcheur*. Le produit de la quête s'en ressentit, façon comme une autre pour les amis du défunt de manifester leur désapprobation. D'autant que grand-mère n'était pas là pour s'entendre glorifier. Elle avait été enlevée par un mauvais mal à l'intestin, bien avant que grand-père ne la rejoigne. La mort l'avait prise accroupie sur son pot de chambre.

*

Grand-mère venait de mourir, elle reposait dans la chambre basse de plafond où l'on accédait en gravissant une petite marche. Assis sur la chaise près du fourneau, grand-père, étranger au va-et-vient des visites, naviguait sur un océan de souvenirs d'où Lila, la petite Sénégalaise, était exclue. Par intermittence, il crachait dans le seau à charbon à ses pieds un jet de salive brunâtre due au tabac qu'il chiquait, la « carotte », dont la famille le comblait à chaque Noël.

À la clenche de la fenêtre pendait le tramail qu'il avait monté pendant la semaine. Il y resterait encore un mois avant que grand-père ne reprenne son travail de dentellière.

Dans une vieille casserole en alu privée de son manche, une roussette – cadeau royal, mais pas évident à dépecer –, offerte par le commanditaire du filet venu aux nouvelles, finissait de mijoter dans une eau frémissante parfumée à l'oignon, au laurier et au persil.

Grand-père reçut mon accolade avec une indifférence dont je ne me suis pas encore remis.

*

– Cette année, la maison consent à un effort supplémentaire.

Ce disant, René me passe la bouée autour du cou comme s'il en couronnait Neptune. Puis, sans me laisser le temps de le remercier, il effectue un demi-tour sur lui-même, pénètre dans l'appentis, fait glisser la porte latérale de la camionnette qu'il referme d'un coup sec.

La bouée a conservé une odeur salée à laquelle se mêlent des relents du mélange que grand-père mettait dans son moteur Seagull. J'en hume toute la saveur avant de m'en délivrer.

René réapparaît au volant de la camionnette. Tout en sollicitant le démarreur, il tourne vivement la manivelle qui baisse la vitre du J7. Alors que le moteur, hésitant au début, prend un peu plus d'assurance, non sans envoyer quelques giclées de fuel qui parviennent jusqu'à la cuisine, j'entends René me crier :

– Le facteur est voué au tri.

Puis, après un petit coup d'accélérateur qui met définitivement le diesel en confiance, il ajoute :

– Et n'oublie pas de venir samedi.

Samedi, au pied de la panière qu'un Américain de passage à Étretat a voulu acheter à René, dans laquelle les baguettes sont alignées, tout près des biscottes Heudebert, il y aura pour moi un petit sachet à l'enseigne de la boulangerie, noué d'une faveur façon cadeau.

– Bouge pas, c'est moi, lancerai-je à Germaine qui termine sa toilette.

Je m'emparerai avec gourmandise du paquet dont je ne prendrai pas le temps de délier la rosette. Ce « tri » auquel j'étais « voué » vient de se terminer et j'ai grand besoin de me sustenter avant d'attaquer ma tournée. Les deux croissants que contient l'emballage ne seront pas de trop pour assouvir ma fringale.

Le Pen

Pour la deuxième fois en deux jours, Le Pen s'est montré méchamment remonté contre la fonction publique. Refermant goulûment sa grande gueule sur mon pneu arrière gauche – et ce, malgré mes coups de klaxon dissuasifs –, il n'a consenti à la rouvrir qu'après que Raymonde eut fait pivoter le haut de la porte à deux battants.

– Forcément, tu l'énerves depuis qu'il est tout p'tit, a-t-elle argué, tandis que je lui faisais part de mon mécontentement.

La vilaine manie qui me pousse à agacer les crocs des jeunes chiots, surtout quand ils sont appelés à devenir des fauves, m'a déjà valu six morsures, dont une sérieuse à l'épaule causée par un Cavalier King Charles à qui son maître aurait donné le bon Dieu sans confession.

Aux pieds de Raymonde, le bullmastiff faisait allégeance. La patte dans la main de sa maîtresse, il levait sur elle des yeux dégoulinant de soumission.

Outré, j'ai reculé à fond. Sourd aux injonctions de Raymonde, Le Pen s'est lancé à ma poursuite, révélant sa vraie nature. Je l'ai d'abord maintenu à distance en accélérant puis, le sentant en difficulté, je l'ai laissé revenir à ma hauteur. Visiblement le molosse puisait dans ses réserves. J'ai alors donné un petit coup de barre à droite (ce qui n'aurait pas dû être pour lui déplaire), l'obligeant à un saut de côté. À ma grande déception, il n'a fait que frôler le pilier en pierre de taille. Emporté par son élan cependant, il n'a pu éviter la haie de berbéris (cet arbuste aux branches hérissées de piquants acérés, aussi appelé épine-vinette, qui se couvre au printemps de petites fleurs jaunes légèrement parfumées), dans laquelle il s'est posé en catastrophe, l'arrière-train en avant. Sinon il aurait peut-être perdu le seul œil qui lui reste et qui lui a valu son surnom.

Pendant les deux années qui ont suivi, Raymonde, dont les chaussons avaient failli garder le souvenir marquant de mon départ précipité, m'a privé de la crêpe fourrée au Nutella qu'elle me réservait à chaque mardi gras. Elle a aussi refusé le calendrier.

Elle semblait revenir à de meilleurs sentiments, quand elle fut emportée en trois mois par un cancer du pancréas.

Boris et Mado

La transaction se tient un soir.

Édouard a insisté pour me faire goûter son rosé d'Anjou, qu'il a sorti du frigo, thermostat cinq. En grignotant la galette bretonne qui, traditionnellement, l'accompagne, je lape le cuisse-de-bergère glacé à petites gorgées en songeant au caractère bien trempé de mon foie. Du calva maison arrosant le café matinal chez René à la mirabelle rapportée d'Alsace chez Robert, en passant par le pastaga bien tassé siroté avec Pierrot, il a été mis à rude épreuve, me réservant sa mauvaise humeur pour la mi-janvier.

– Comment tu l'trouves ? me demande Édouard.

– Hum, hum, fais-je en gardant les lèvres closes.

Le Traou Mad, dont je viens d'engloutir la moitié en une seule fois, m'interdit d'en dire plus. Édouard me considère avec étonnement. Une grande tristesse, accentuée par les verres grossissant de ses lunettes, se lit dans son regard de cocker. Visiblement, il comprend mal ma retenue. Moi d'ordinaire si fan de son nectar de derrière les fagots. Tout juste s'il ne regrette pas la grosse coupure qu'il m'a accordée il y a cinq minutes pour mes étrennes. Avant qu'il se ravise, sans prendre le temps de finir ma bouchée, je m'empresse de m'exclamer :

– Parfait ! Parfait !… C'est du nanan.

Venue tout droit de Pont-Aven, une poignée de miettes au beurre en profite pour aller s'écraser sur le sol crasseux. Elle ne fait qu'ajouter au désordre qui règne dans la piaule du vieux garçon. Édouard n'y prête pas attention. Mon enthousiasme, qu'il juge un peu trop mesuré, n'a pas levé tous ses doutes. Il garde le silence, seule manière pour lui de marquer sa réprobation. Il a vérifié que sa vieille réserve n'était pas bouchonnée, défaut qui aurait pu constituer une excuse à la mienne. Il n'aura de cesse que j'en sorte. Alors, pour mettre fin à son tourment, je porte à mes lèvres la partie supérieure du rond que forment le pouce et l'index de ma main gauche. Puis, après lui avoir donné une sorte de baiser bruyant, je détache ostensiblement le rond de ma bouche en répétant :

– C'est du nanan !

Édouard en perd instantanément son air renfrogné. Il se fend d'un large sourire édenté.

Je peux être assuré de son indéfectible amitié.

Quand je prends le volant de la 4L, l'air est tout poisseux. La grisaille ne s'est pas levée de toute la journée. Au loin, je distingue la lumière clignotante de la centrale thermique, et un peu plus à gauche, les lueurs de la raffinerie de Gonfreville. Le chien des Malandain jappe pour une raison inconnue. Je cède la priorité à Anne-Marie qui me salue d'un petit signe triste de la main. Une collègue de bureau lui a révélé son homosexualité dans les toilettes de l'entreprise. Elle ne sait comment annoncer la nouvelle à son mari, un routier sympa, à la musculature impressionnante. Elle craint qu'il ne le prenne mal. À l'arrière de la Renault Espace, les gosses, passablement agités, contrefont les débiles profonds.

– Allez ! Un p'tit dernier.

En m'engageant sur le chemin, j'ai confusément le sentiment de commettre une erreur.

Je remonte la rangée de hêtres aux racines proéminentes – presque humains, dirait Pierrot –, qui bordent la propriété de monsieur le châtelain. Autant la masse de ces bons géants peut sembler protectrice en plein jour – leurs troncs n'évoquent-ils pas les pattes de gigantesques éléphants placides ? –, autant elle paraît menaçante quand la nuit tombe, comme si l'énorme troupeau allait brusquement s'ébranler à votre passage et vous passer sur le corps.

En haut du chemin, j'aperçois la lumière crue du néon qui éclaire la cuisine. Pas de chien : est trop cheï pou l'profit qu'on en a.

– Ah ! Te v'là ! On a cru que tu couchais chez Édouard.

Première vanne, Boris n'en est pas avare. Sur la cuisinière au bois, la soupe de poireaux fait des bulles et met de la buée sur les carreaux. Elle emplit toute la pièce de sa bonne odeur. Boris, qui veille sur l'entretien du parc de monsieur le châtelain, a l'autorisation d'en prélever le bois mort, d'où la chaleur tropicale qui règne dans la cuisine, peu en rapport avec le climat doucereux de cette fin d'automne.

À la télé, un candidat sous pression s'efforce de faire un « quatre à la suite » aux questions que lui pose un Julien Lepers volubile.

– Baisse un peu, on s'entend pas, ordonne Boris à Mado, qui empoigne la télécommande à contrecœur.

Le conducteur du camion-poubelle en est à sa troisième victoire. S'il l'emporte cette fois-ci, non seulement il empochera les millions, mais il risquera de plus d'être sélectionné pour les Masters. Ce que Mado souhaite ardemment. Bien qu'elle voue un respect profond à monsieur le châtelain, elle aimerait bien que quelqu'un de son rang à elle accède aux plus hautes marches du podium. N'a-t-il pas déjà, pour y parvenir, fait mordre la poussière à un professeur de lettres, un de ces fainéants prétentieux et toujours en vacances ou en grève qui font des misères à Sébastien, son petit-fils, dont les préoccupations vont plus aux bagnoles qu'aux études ?

– Je ne suis pas pressé, ai-je le tort de dire.

La télé se remet à brailler instantanément. Hélas, le poubellier bute sur le surnom de la grand-mère de Néron. Mado, qui ne peut cacher son désappointement, éteint le poste avant la fin de l'émission. D'un coup sec qui plonge la cuisine dans le silence.

– C'est des conneries, dit-elle. C'est comme le Loto, tout est préparé d'avance.

Je ne renchéris pas. J'ai ouvert ma sacoche et je dispose mes calendriers sur la table, comme pour faire une réussite.

– Sans indiscrétion, combien tu les paies ? me lance Boris, en me regardant par en dessous.

– Ça varie.

C'est toujours ce que je réponds quand on me pose cette question.

Ce laconisme, qu'un interlocuteur délicat assimilerait à un refus d'en dire plus, ne fait que piquer la curiosité de Boris.

– Comment cha, ça varie ? insiste-t-il. Tu les paies bien un prix, tes calendriers. On n'est pas à Djerba, ichite, dit-il, révélant son racisme ordinaire et la destination du voyage qu'il a gagné à Intermarché.

Et de lui expliquer qu'il existe quatre sortes de calendriers, du plus mince en carton mou – je joins le geste à la parole – qui tiendra à peine un trimestre et ne donne que quelques maigres renseignements sur les produits de la Poste, des heures de marées datant de l'année dernière et une liste de communes dont le nombre d'habitants reste à vérifier, à celui haut de gamme, en carton dur rembordé, verni nickel, qui en plus des informations utiles réactualisées, vous offre la recette du brochet au beurre blanc, les caractéristiques du bichon maltais et, à l'orée du passage à l'euro, une page entière consacrée à la monnaie unique. Il présente aussi la particularité non négligeable, pour un calendrier, de durer toute l'année sans se gondoler et sans que ses couleurs ne prennent, au fil des mois, une teinte pisseuse qui rend bien tristes les petits ports bretons, et pollue les cimes enneigées des Alpes.

Et je conclus par :

– Dans dix ans, on le retrouvera dans un vide-grenier où son parfait état de conservation vous permettra de le revendre un bon prix.

Ce dernier argument, en répondant au principal souci de Boris, devrait suffire à combler son attente. Mais non ! Tout à son idée, il n'a prêté qu'une oreille distraite à ma démonstration.

– Oui, j'veï bien… Mais le prix.

Et comme je garde le silence, il ajoute :

– Tu sais, c'est pas parce que tu nous le diras qu'on te donnera moins.

Me donner moins, me donner moins, il ne s'y risquerait pas. Il se priverait de ma visite, et comme il tient à son bout de carton…

– Boris, lui fais-je sur le ton de la confidence, en lui posant lourdement la main sur l'avant-bras comme pour donner plus de poids à mon propos. Vous savez…

Il entrouvre la bouche, signe d'une attention soutenue… Je marque un temps et je lui assène la fin de ma phrase :

– … je ne vais pas chez tout le monde.

Ma révélation n'a pas pour effet de lui clore le bec, qu'il ouvre au contraire un peu plus. Seul un battement de cils trahit son émotion. Son copain, chez qui je ne mets plus les pieds depuis belle lurette, a dû le mettre au parfum de ma défection.

Les séides de monsieur le châtelain, en plus d'être serviles à l'extrême, ont ceci en commun d'être un peu serrés aux entournures du porte-monnaie. Le leur rappeler, surtout comme ce fut le cas pour son pote, un jour de marché – l'épisode a fait grand bruit parmi les doigts crochus –, les met un peu mal à l'aise. Cette allusion à peine voilée à sa pingrerie ébranle Boris. Partagé entre le désir fou de se faire confirmer par un vrai pro ce qu'affirmait Jean-Pierre Pernaut dans *Combien ça coûte ?* et le risque de voir le calendrier lui passer sous le nez, il hésite. Il lui importe plus à présent de ne pas perdre la face. Alors, dans un ultime sursaut d'orgueil, sur un ton implorant, il balbutie :

– Environ ? Allez !

Mado n'a rien perdu de l'échange. Après avoir chaussé les lunettes à monture dorée qu'elle est allée prendre sur le buffet, elle a commencé à feuilleter les calendriers, opérant une première sélection parmi ceux qui lui semblent présenter le meilleur rapport qualité-prix. Comprenant que je n'irai pas plus loin dans les confidences, et voyant Boris en mauvaise posture, elle juge prudent d'intervenir.

– As-tu besoin de l'embeïter aveuc cha ? Tu veïes bien qu'y t'répondra pas, dit-elle, rompant le silence.

– C'était pour rigoler, se défend Boris, désappointé mais bien content de recevoir cette aide providentielle.

– Comment qu'tu l'trouves, c'ti-là ? lui demande-t-elle.

Le calendrier qu'elle soumet à son appréciation montre un cheval de trait ardennais paissant paisiblement dans un pré d'un vert imaginaire. Sur l'autre face, une jument, crinière au vent, fait sa fofolle, flanquée d'un poulain encore fragile sur ses fumerons.

Boris a un regard attendri pour le limonier qui lui rappelle sa jeunesse de laboureur. Mais il ne se laisse pas gagner par l'émotion.

– Oui, oui, range mé cha, réplique-t-il, reprenant l'initiative de la conversation et écartant d'un revers de la main le calendrier que son épouse lui désigne. Il sait bien celui que j'veux, va.

Et il affecte un air buté d'enfant gâté.

– Je ne sais pas s'il m'en reste, dis-je mystérieusement.

– Si t'en as pas, tu peux t'en aller, rétorque-t-il sans que je fasse mine de m'en offusquer.

Car cet échange obéit aux règles d'un petit jeu auquel nous nous livrons depuis plus de vingt ans, lui et moi. Je commence par lui laisser croire que j'ai oublié de commander le calendrier à l'ancienne qui fait sa joie – c'est à dessein que je garde l'objet du désir au fond de ma besace. Il s'en formalise. Cela lui vaut un regard lourd de reproche de la part de Mado, auquel il répond par un froncement de sourcils du genre : « C'est une histoire d'hommes, retourne à tes casseroles. » Puis, en faisant niet avec les mains, il ajoute :

– C'est cha ou rien !

Ces paroles, dont on mesure mal l'audace, et qui en d'autres lieux se révéleraient fatales à leur auteur, ne font que s'inscrire dans une longue tradition. La remise en question de celle-ci n'étant pas à l'ordre du jour, je ne saurais me formaliser des excès qu'engendre son respect. Boris le sait, sa prudence naturelle lui intimant toutefois de ne pas trop en abuser.

La tête dans la sacoche, je feins encore de n'y rien trouver. On n'entend plus que le craquement du bois dans la cuisinière. Le rouge monte aux joues couperosées de Boris. Mado me scrute par-dessus ses lunettes, elle me sait capable du pire. La lumière blanche du néon lui fait un teint blafard.

Je laisse encore planer le doute pendant quelques secondes, puis, jugeant le suspense à son comble, avec l'art consommé d'un prestidigitateur sortant un lapin de son chapeau, je fais apparaître le calendrier.

– Voilà ! s'écrie Boris, transfiguré.

Je crois bon de préciser :

– Si je ne l'avais pas mis de côté, il serait parti depuis longtemps.

Mais Boris ne m'entend déjà plus. Il se revoit avec les aoûteux au cul de la moissonneuse, sous le soleil estival – dans le temps, les étés étaient plus chauds qu'aujourd'hui –, suant et soufflant, bouffant de la paillette dans l'odeur du blé fraîchement coupé. Ce soir-là, au cours du repas plantureux qui suit la moisson, après avoir entonné *Les Blés d'or*, sa chanson fétiche, il fera la connaissance et la conquête de Mado. En se mêlant à la fatigue, l'ivresse due au gros cidre et au calva rapprochera les deux jeunes gens. Ils se prendront sauvagement dans la grange où règne une chaleur étouffante, sous le faisceau de lumière poussiéreuse dispensée par la petite lucarne du toit. Mado connaîtra la félicité à un peu plus de dix-sept ans. Boris deviendra un homme à guère plus. En saisissant au vol le coup d'œil complice qu'échangent les deux anciens tourtereaux, je comprends que ma version n'est pas si éloignée de la vérité. Elle s'appuie sur des faits que Boris m'a lui-même rapportés avec fierté. Il fut le Number One de Mado.

Elle était servante dans une grosse ferme, il suivait la moissonneuse. L'histoire aurait pu s'arrêter là si le fermier n'avait été à la recherche d'un commis. Boris s'était proposé, *Les Blés d'or* avaient fait le reste.

Le verso du calendrier montre une scène de battage à l'intérieur d'un manège. C'est plus qu'il n'en faut pour troubler Mado. Ses pommettes fripées se colorent de rose. Boris esquisse un sourire vite réprimé. L'aîné de leurs fils aurait, aux dires d'Édouard, été conçu dans un manège. L'expression populaire « battre à la grange et vanner au-dehors » est une méthode contraceptive qui comporte des risques que Boris aurait un peu sous-estimés. En cédant quotidiennement à ses avances, Mado, la petite servante chargée, entre autres tâches, de lui apporter son casse-croûte, l'aurait appris à ses dépens.

– Comment tu sais tout ça, toi, Édouard ?

– Eh ben, c'est comme l'co. Eune fais qu'il a grimpé su la poule, il est cotent, alors y chante.

Selon Édouard, son voisin, il en allait de même pour Boris. Tous les après-midi, après que Mado lui eut apporté son quatre heures, il chantait. De là à en tirer des conclusions…

Et c'est sans doute au souvenir de ces instants qu'ont rosi les joues parcheminées de Mado. Nonobstant son air pincé, elle en serait presque attendrissante.

Penché sur l'image, Boris y traque le détail à redire et l'anachronisme. La netteté de la photo, son contraste, sa définition, tout concourt à éveiller sa méfiance. Les gestes trop synchrones des moissonneurs, l'alignement trop rectiligne des gerbes, il n'y voit que supercherie et habile montage. Il ne retrouve pas dans ce tableau idéal l'ambiance si particulière des jours de moisson de l'époque, ni l'anecdote empreinte de véracité. Surtout, il n'y respire pas cette atmosphère si particulière, cette bonne odeur de France rurale vouée corps et âme au Maréchal, exsudant les impuretés du Front popu par tous les pores de la peau. Il n'y sent pas le retour aux vraies valeurs.

– Ça manque de vie, dit-il pour résumer sa pensée. Y a un p'tit qué'qu'chose qui fait qu'on n'y cré point. On dirait du cinéma d'aut'fais.

Car si Boris est sensible à tout ce qui touche à son passé, il ne le voit plus qu'en 16/9 et en images de synthèse, manipulé qu'il est par les feuilletons débiles qu'il avale à longueur d'après-midi pluvieux. Avec le temps, le Maréchal est devenu un jouet aux gestes saccadés qui reprend vie dès que Boris éteint sa lampe de chevet, et qui rejoint au matin sa boîte de Pandore. Pour en garder le souvenir vivace pendant le jour, Boris a accroché la photo jaunie du militaire au-dessus de la porte qui conduit à sa chambre. Dans son cadre en feuilles de chêne patiné à l'ancienne, le sauveur de la France éternelle sourit tout au long de l'année à Jean-Paul II qui lui fait face au-dessus de la porte d'entrée, dans son assiette pour une fois, et qui lui renvoie son sourire.

Ce souvenir qui lui fut rapporté de Rome par Marie-Antoinette, avec qui il donne de la voix dans la chorale de monsieur le curé, est cher au cœur de Boris, car sa maison est ainsi placée sous une double et haute protection, sans que cela lui coûte un rond. Marie-Antoinette a opté pour le même système de surveillance, mais au Maréchal elle a préféré Louis XVI. Dans son cadre ovale, doré à la feuille d'or, et bien qu'il soit représenté de profil, rien ne semble pouvoir échapper au regard oblique du monarque croisant celui du souverain pontife. Nul cambrioleur ne saurait tromper la vigilance de ces deux infaillibles gardiens. Si l'un d'eux s'avisait de franchir le mystique rayon infrarouge qui les relie, m'affirme Marie-Antoinette en se signant, il encourrait aussitôt les foudres divines. Pour cette raison, aucun ne s'y est encore risqué. Chez Boris comme chez elle.

En comblant Boris de ce présent, Marie-Antoinette n'a fait que s'acquitter d'une dette, car elle n'éprouve pas pour lui de sympathie particulière. Mais la belle voix de basse de Boris, en lui permettant, tel un solide pont de bois enjambant un torrent tumultueux, de franchir sans encombre les passages difficiles de certains cantiques escarpés, lui évite de se faire virer de la chorale. Ce qui serait pour elle la pire des offenses. Elle n'aurait plus le privilège d'occuper le chœur en pole position pour assister aux grandes cérémonies. Elle devrait se fondre dans l'anonymat des fidèles qui occupent la nef, et ne pourrait plus chanter aux enterrements qu'avec le commun des mortels.

Pour y échapper, pareille à un poisson suiveur, elle se colle contre Boris dans les montées liturgiques un peu abruptes, noyant sa voix aigrelette dans celle de son puissant protecteur qui, la sentant en difficulté, donne un peu plus d'ampleur à son chant. Le vibrato de Boris qu'on pourrait penser, vu son prénom, hérité d'un lointain ancêtre russe, n'a alors rien à envier à ceux des solistes de l'Armée rouge. Il a d'ailleurs tendance à en abuser et monsieur le curé est souvent amené à tempérer son enthousiasme par un « doucement les basses » qui résonne bizarrement dans l'église. Coupé dans son élan, Boris baisse d'un ton, ce qui a pour résultat de mettre Marie-Antoinette et ses fausses notes en avant. Magnanime, monsieur le curé ferme les yeux en se bouchant les oreilles, et Marie-Antoinette conserve sa place parmi les VIP trônant dans les stalles.

Boris espère beaucoup de cette bonne action. Toutes ces petites attentions patiemment mises bout à bout devraient lui suffire, pense-t-il, à gagner son paradis. Pour s'en persuader, et peut-être aussi pour s'assurer de leur efficacité là-haut en cas de litige, il se plaît à en faire l'énumération à ceux qui partagent sa foi et qui veulent bien l'écouter. Marie-Antoinette, que ces révélations, en soulignant ses faiblesses, condamnent au silence, nourrit quelque ressentiment contre Boris. Mais, bien calée qu'elle est dans son siège en bois, elle accepte cette épreuve avec résignation, comme si elle lui était imposée par le ciel.

Boris tient le calendrier à bout de bras pour voir l'effet qu'il produit de loin. Il le retourne, le considère avec attention, puis le repose sur la table en l'ouvrant légèrement pour qu'il tienne debout. Mado est frappée de mutisme. La décision ne dépend plus d'elle, elle ne sera même pas consultée.

– Ils sont tous pareils à l'intérieur ? s'enquiert Boris.

– À quelques recettes de cuisine près, oui.

Silence. Le feu redouble de crépitements. C'est du châtaignier, et le châtaignier, c'est bien connu, ça pète.

– Bon à c'teu, on va veï si ça y va, dit Boris en se levant enfin. Ouh qu'c'est dur ! fait-il d'une voix plaintive, comme s'il peinait à se mettre debout.

Le cul cassé, feignant de souffrir d'un lumbago récurrent, il se dirige péniblement vers l'étagère sur laquelle trône un antique poste de TSF. Sur le cadran on peut encore lire des noms de stations tels que Dortmund et Hilversum. Boris décroche le calendrier de l'année qui s'achève et le pose sur la chaise placée au-dessous. La dernière épreuve consiste à faire tenir le nouveau calendrier entre les deux équerres en bois soutenant l'étagère. De par ses dimensions, l'Oberthur est le seul à répondre à cette exigence, au centimètre près. Nous sommes au moins deux à le savoir. Aussi Boris ne manifeste-t-il aucune surprise en voyant le prestigieux almanach s'insérer pile poil entre les deux bras. Bien que le contraire m'eût étonné, je pousse un gros ouf de soulagement.

Boris recule d'un pas. Le calendrier rend décidément bien. Si l'on s'écoutait, et si un mois ne nous séparait pas du nouvel an, on l'adopterait dès à présent. Son actualité et sa fraîcheur, en faisant tomber en désuétude celui qui le précède, le font douter du choix qui fut le sien l'année dernière. C'est dans la douleur qu'il se résout à la permutation.

Pendant qu'avait lieu l'examen de passage, Mado n'est pas restée inactive. Sans quitter sa chaise, elle s'est tournée vers le buffet en formica bicolore, au centre duquel une pendulette indique sept heures et quart, et elle en a sorti une bouteille de Banyuls, une bouteille de Berger, et trois verres, dont l'un est décoré d'une petite Indienne surmontée de l'inscription « Pocahontas », mais pas de biscuits secs qui auraient pourtant été les bienvenus dans mon estomac.

Elle se verse un fond de Banyuls, histoire de trinquer, puis sert deux pastis, boisson d'hommes.

– Excuse mé d'avé été un p'tieu long mais tu sais, on n'a pou' un an, me fait Boris en se rasseyant pesamment. Tu y en as pas mis, dit-il à Mado en se saisissant de la bouteille de Berger.

La petite Indienne, qui prenait un bain de pieds, voit avec effroi le niveau de l'anis lui monter jusqu'à la ceinture.

– Tu veï pas c'que tu y mets, s'indigne Mado, économe.

– Y faut l'soigner not' facteur si on veut l'garder, plaisante Boris, puis, se tournant vers moi et sur le ton de la confidence : Cheu certains, chieus sûr que t'as rien ! ?

– Ça arrive, dis-je en restant assez évasif pour lui laisser penser ce qu'il veut.

– Si c'est pas manant !

Il déplore visiblement ce manque de courtoisie. Lui qui se targue d'avoir rendu euphorique monsieur le curé accepte mal qu'on puisse se séparer de ses invités sans que ceux-ci éprouvent des difficultés à vous quitter. Il ressent un plaisir sans partage à voir tituber les siens jusqu'à leur voiture, espérant secrètement qu'une patrouille de gendarmerie se tiendra en faction en bas du chemin. Les mois qui suivent, il ne manque pas de rappeler leur intempérance à ses hôtes, de préférence en public.

Cependant, l'écart de monsieur le curé était parvenu aux oreilles de monseigneur l'archevêque, qui s'en était formalisé et avait fait redescendre sa colère jusqu'à son subalterne. Dans le secret mal gardé du confessionnal – tous ceux qui attendaient leur tour l'avaient entendu distinctement –, monsieur le curé, fâché de s'être attiré les foudres épiscopales, était entré dans une sainte colère contre Boris, que la proximité des Pâques amenait à se mortifier. Le rouge au front, en tirant à reculons le petit rideau cramoisi qui le séparait de son confesseur, le pécheur avait fait une marche arrière remarquée, courbant l'échine sous le poids du repentir. Puis, tel un novice prononçant ses vœux, il était allé s'allonger de tout son long, bras en croix devant l'autel, où il était demeuré le temps de réciter trois pater et trois ave, prix de son absolution. Sous l'œil amusé de Marie-Antoinette, abîmée dans une prière d'une ferveur exceptionnelle.

Cette humiliation publique ne l'a pas fait renoncer pour autant. Elle a au contraire ravivé son sens de l'hospitalité. Se sentant absous pour ses fautes passées et pour celles à venir, il peut donner libre cours à sa convivialité.

Prudent, afin de rester maître de la situation, il veille à se servir chichement. Il se montre cordial, attend son heure en fin stratège. L'odeur caractéristique de l'anis, en parvenant jusqu'à mes narines, provoque un début de panique parmi mes gamma GT. Les « gammas CGT », dirait Pierrot le docker à la vue des délégués syndicaux arborant la casquette Ricard. La traditionnelle prise de sang que m'impose le docteur Knock après les calendriers va encore révéler des anomalies passibles d'un régime drastique. Sans compter que je pressens une fin de soirée difficile, rouleau à pâtisserie, séjour prolongé au-dessus de la cuvette des W-C, sommeil agité. Mais enfin, c'est pour la bonne cause. Je marque une pause avant de porter le verre à mes lèvres. Mes papilles sont encore imprégnées du goût sucré du cuisse-de-bergère que m'a servi Édouard. Boris m'observe à la dérobée en se balançant sur sa chaise.

– La chaise ! s'exclame Mado, désespérant de lui faire perdre cette sale habitude.

Dès que les premières gouttes – tiédasses qui plus est – du Berger me coulent dans la gorge, une transformation s'opère en moi. Comme frappé d'aboulie, je me sens soudain rapetisser sur mon siège, jusqu'à ne plus être qu'un petit point ridicule. J'essaie de n'en rien laisser paraître, mais Boris est à l'affût. Ce brusque changement n'a pas pu lui échapper et il doit déjà commencer à s'en réjouir. Toute tentative pour me redresser paraissant pour l'instant vouée à l'échec, je me recroqueville un peu plus sur ma chaise, dans l'attente de jours meilleurs.

Si au moins Mado allumait la télé, qu'on voie le temps qu'il fera demain.

Les bruits me parviennent avec une acuité inhabituelle. Le tic-tac de la pendulette du buffet s'imprime en majuscules dans mon cerveau. Dans la cuisinière brûlent les flammes de l'enfer. Les pieds de la chaise sur laquelle Boris se tortille de plaisir font entendre un crissement pareil à celui que produit la craie sur un tableau noir. Sous le néon, le visage de Mado a subi lui aussi une transformation radicale. On dirait un portrait brossé par Arcimboldo, revisité par un hyperréaliste américain. Son nez a pris la forme d'une patate qui aurait subi un coup de gel. Son sourire s'est changé en aubergine trop mûre. Ses joues sont devenues d'énormes figues sèches, ses yeux des cerises blettes, et ses oreilles, des feuilles de chou rabougries. « Un vrai cageot d'après marché », dirait Pierrot le docker.

Le Maréchal, qui lit dans mes pensées, a un air outré.

– Ta gueule, facho ! lui fais-je en aparté et en imitant Gainsbourg.

Le Saint-Père, en revanche, paraît m'avoir à la bonne. Éthylisme oblige, peut-être me prend-il pour un de ses coreligionnaires polonais.

Les paroles de Boris, auxquelles je ne prête plus aucune attention, se répercutent aux quatre coins de la cuisine. L'écho qui les prolonge en souligne l'insignifiance. Un inconnu s'entretient par ma voix avec Boris, lequel semble satisfait des réponses qu'il apporte à ses questions. Je me garde d'intervenir dans leur discussion. Boris a décidément le sens de l'hospitalité. Il voudrait sournoisement me resservir une petite rincette. Mais l'inconnu, volant à mon secours, s'interpose avec énergie et Boris, surpris, me répand un demi-doseur d'apéro sur le dos de la main. Le contact de l'anis me procure une agréable sensation de fraîcheur. Son odeur citronnée n'est pas si éloignée du *Ô* de chez Lancôme.

Mado se précipite pour éponger les dégâts, maugréant contre le gaspillage.

Après cet intermède, Boris et l'inconnu poursuivent leur conversation comme si je n'étais pas là. Conversation animée si j'en juge par les éclats de rire qui la ponctuent. Et cela dure une éternité. Miniaturisé sur ma chaise, je m'endormirais presque si je ne voyais Boris porter la main à sa poche et en tirer son porte-monnaie. Le bruit des pièces tombant sur la table me sort de ma torpeur. Boris, qui rechigne à s'en séparer, en négocie âprement le nombre avec l'inconnu. De son gousset qui s'ouvre en deux, il fait encore tomber deux pièces supplémentaires, dont une en argent massif. L'inconnu ne saurait s'en satisfaire. Boris me prend à témoin, me presse de mettre fin à son supplice. Je me cantonne dans un silence prudent. Boris argue de l'augmentation du brut sur le marché de Rotterdam. Sa Lada, la Mercedes du peuple, dont le prix attractif l'avait séduit quand il en avait fait l'acquisition, est un gouffre à l'usage. Elle tète du dix litres au cent en campagne, Boris, peu sûr de lui, évitant la ville. Et les pièces de rechange, qui arrivent de Prague sur le dos d'une tortue, lui coûtent la peau des fesses. La refourguer ? Il ne faut pas y songer. Sur l'hebdomadaire de petites annonces qu'il reçoit chaque mardi, la petite merveille technologique se monnaie des clopinettes. Surtout la sienne, le modèle le plus bas de gamme jamais conçu et qui fait l'objet, auprès des amateurs d'occases, de plaisanteries injustes, nuisant grandement à sa réputation de robustesse et à sa revente.

L'inconnu lui oppose la vignette qu'il ne paie plus.

Boris invoque le prix de la gauldo que les socialos, et en particulier la ministre de l'Environnement, cette salope, vont encore assaisonner au 1er janvier.

L'inconnu lui rappelle les ravages de l'herbe à Nicot.

– Qu'est-ce que ça peut bien leur foutre qu'on crève d'un cancer ! s'emporte Boris. C'est pas eux.

L'inconnu lui remémore les derniers instants d'André, son copain de chorale, André qui avalait ses frites en tirant sur son mégot et qu'un enrouement tenace a privé de cantiques, puis de vie. L'argument porte. Boris comprend qu'il devra se résoudre à poser sur la table le billet qu'il avait préparé. Ses dernières résistances sont de pure forme : le salaire des fonctionnaires, les avantages en nature du facteur – il se montre égrillard –, la monture de mes lunettes qui ne doit pas être donnée.

C'est un jeu d'enfant pour l'inconnu, rompu à ce genre de critiques, d'y apporter la contradiction.

Alors, lentement, péniblement, Boris rassemble ses écus au bord de la table. Puis il les fait couler dans son escarcelle qu'il range dans la poche de son pantalon. Non moins difficilement, il sort de la poche de sa vareuse bleue un portefeuille sans âge duquel il exhume l'unique billet qui s'y trouve. En me le tendant, il ne peut s'empêcher de m'envoyer :

– Aveuc deux chents clients comme nous, tu dé pas êt' mal.

L'inconnu lui fait part de ses inquiétudes concernant le renchérissement de la matière première finlandaise dont on extrait le calendrier. Mado, qui n'a pas tout compris, zappe sur la une où un candidat à l'œil éteint se fait un paquet de fric en répondant à des questions faciles et un tantinet indiscrètes sur sa vie privée. Pendant quelques secondes, le son qu'elle n'a pas eu le temps de baisser couvre mes remerciements.

Vient l'heure de prendre congé.

L'inconnu s'est éclipsé, me laissant aux prises avec les trois mètres semés d'embûches qui me séparent de la porte d'entrée. J'ai mystérieusement retrouvé ma taille initiale. M'armant de courage, j'inspire profondément, ce qui amène un reflux acide jusqu'à mes narines, puis je me redresse d'un coup. Ma brusquerie malmène la table. Les verres se mettent à jouer *Jingle Bells*.

– Bientôt Noël, fais-je à mi-voix.

– Bé oui, me confirme bêtement Boris de la tête.

Empoignant mon sac de calendriers qui bée dangereusement, j'effectue un début de sortie précipité, sous l'œil bienveillant du Saint-Père, et sans encombre, du moins jusqu'au petit seuil de cinq centimètres qui permet d'accéder à la liberté et sur lequel je viens de buter.

Boris, qui m'y avait précédé pour mieux profiter du spectacle de ma déroute, prévient ma chute en m'offrant le secours d'une épaule charitable. En tentant de se raccrocher au chambranle de la porte, mon bras gauche vient frapper de plein fouet le portemanteau de l'entrée, qui vacille sur ses trois pieds et s'écroule sous l'amoncellement des vêtements.

– Eh ben, mon cochon ! fait Boris.

– Attendez, attendez, je vais les ramasser, dis-je en me baissant, au risque de m'écrouler dans les fringues et de ne plus pouvoir me relever.

– Pas la peine, j'vas l'féï, s'écrie Mado en accourant, sans perdre de vue le petit écran.

– Merci Mado, merci, lui dis-je confusément.

Mais Mado est plus préoccupée par ce qui se trame dans la lucarne.

– C'est cha, c'est cha, va t'coucher, conclut-elle.

Cette remarque pleine de bon sens constitue une sorte de revanche pour Boris, que la perte de son billet rendait maussade. En maintenant la porte grande ouverte afin de m'en faciliter le passage, il glousse comme un dindon. Puis, sur un ton faussement sérieux, dans un élan de compassion, il me demande :

– Tu veux pas qu'on te r'conduise ?

Ce qui a pour effet immédiat de me dégriser.

– Non, non, ça va aller, je réponds avec l'assurance tranquille d'un militant de la ligue antialcoolique.

– T'as l'éï fatigué, man pauv' Bob, dit-il encore, alors que je pénètre dans un noir d'encre. Si ça t'fait rien, tire la barrié derrié té, ça m'évit'ra d'y aller, ajoute-t-il en refermant la porte.

Il aurait pu allumer la pétoche, me dis-je en entendant le gravier crisser sous mes pieds.

Dans l'obscurité propice aux grandes réflexions métaphysiques, j'avance avec prudence, tout en m'étonnant de la distance qui me sépare de mon véhicule. Quand il vient cogner contre son aile, mon genou me confirme qu'il n'était pas si éloigné. Je réprime un juron, ainsi que l'envie que j'ai de cabosser la tôle un peu plus. Comme pour me remercier de ma retenue, la 4L me reçoit avec les égards dus à l'état dépressif dans lequel m'a plongé cette petite promenade philosophique. Son siège se fait vachette douillette, ses clignotants scintillent à l'unisson, et son moteur répond gentiment à ma sollicitation. J'ai pris la précaution, comme on nous le recommande dans les cours de remise à niveau pour facteurs étourdis – auxquels je fus de nombreuses fois convié au cours de ma longue carrière –, de garer mon véhicule dans le sens du départ. Si bien que mon démarrage s'effectue dans les meilleures conditions. Je néglige toutefois de m'arrêter pour refermer la barrière, comme Boris me l'avait demandé, en souriant au passage à la vue de l'arrière de la Lada.

Et j'aborde le chemin avec le soulagement d'un soldat qui vient de sortir indemne d'une embuscade. Avec, aussi, la sourde impression de ne pas mener le bon combat. J'ai dans la tête des images d'une putain de la République pérorant à la télé sous un tableau de Matisse, et dont les émoluments équivaudraient à cinq mille années de calendriers. Cet affairisme est à vomir.

Ce que je fais sans tarder, après avoir précipitamment serré mon frein à main et ouvert ma portière. Ma bouche n'y suffisant pas reçoit le renfort inespéré de mes narines. Parmi les ingrédients composant la mixture que j'exprime en abondance, je reconnais le Traou Mad parfumé à l'anis, ainsi que le saucisson de Super U imprégné de Cuisse de Bergère, association qui pourrait prêter à sourire en temps normal.

Après avoir observé une minute de silence à la mémoire de Paul Ricard, je réintègre la voiture, du moins le haut de mon corps, le bas étant resté à l'intérieur.

Effondré sur le siège, les yeux baignés de larmes, je récupère comme après un K-O. Mon dos est parcouru de longs frissons glacés, mes dents s'entrechoquent. Une certaine gêne subsiste encore, qui m'interdit tout mouvement. Fébrile, j'attends qu'elle s'estompe. Sous mon crâne, un orchestre symphonique au complet tient la note fortissimo, me rappelant *A Day in the Life* des Beatles. Profitant d'un instant où les cuivres reprennent leur souffle, je boucle prestement ma ceinture et desserre le frein à main. Fin de l'entracte, l'orchestre attaque du Bernard Herrmann, le compositeur attitré d'Hitchcock, et plus précisément le mouvement où Janet Leigh se tient derrière le rideau de douche. Sous l'effet de l'action, le rythme va sforzando. Portant de façon synchrone une main sur la clenche de la portière et l'autre à mes lèvres, je tente une sortie en force à laquelle la ceinture, qui a passé le contrôle technique avec succès, met fin en se bloquant. Dans un ultime sursaut pour protéger les calendriers, je tourne la tête vers la gauche, un quart de seconde avant qu'un premier jet glaireux ne fuse d'entre mes lèvres, ratant de peu la fenêtre entrouverte. Il est suivi d'un rot émétique d'une grande musicalité, annonciateur d'un second tir plus nourri, dont les origines remontent plus loin dans le temps. Il part en ligne droite lui aussi, mais, alourdi par le poids des matières en suspension qui le composent, il infléchit bientôt sa trajectoire en direction du vide-poches latéral où il finit sa course, éclaboussant au passage le tissu écossais du dernier chic qui tient lieu de cache-portière.

Une odeur pestilentielle, à forte dominante uvale, envahit la berline.

– Merde ! Merde ! fais-je d'une voix grasseyante en martelant du poing le tableau de bord en ronce de plastiquier.

Entre-temps, privée de frein, la 4L en a profité pour prendre la tangente. Faisant preuve au début d'une certaine prudence, elle s'est enhardie, a pris peu à peu de la vitesse, avant de bifurquer vers le talus, sur lequel elle a tenté de grimper. Après quelques mouvements de balançoire, qui n'ont pas contribué à faire retrouver sa sérénité à mon estomac, elle s'immobilise en travers du chemin, ses lanternes braquées sur les racines d'un grand hêtre.

En contrebas, j'aperçois deux phares qui trouent l'obscurité. Ce sont ceux de la R19 de Jean-Marie qui rentre chez lui pour le week-end.

Choléra

Un petit vent coulis balaie le coin de la ferme. Je suis parcouru d'un frisson à la vue des feuilles qui s'amoncellent au pied de la grange. Rasant le champ fraîchement labouré, le faisceau lumineux du phare d'Antifer vient mourir sur la porte disjointe du poulailler. Il n'est pas si loin le temps où, ado amoureux de la fille du gardien, j'envoyais des baisers à l'évanescent rayon à chacun de ses passages sur le clocher du village.

J'ignore sur ma droite la barrière en bois vermoulu. M'arrêter m'obligerait à un tour de C15 auquel n'encourage pas la bise glaciale qui souffle ce matin. Le chauffage donne à fond dans la camionnette, et la pensée m'effleure de plages de sable fin bordant des lagons d'eau turquoise. Choléra devra s'armer de patience, il aura son canard à mon retour de Tahiti.

J'aperçois en contrebas la lumière blafarde de l'ampoule de quarante watts qui éclaire la cuisine, le néon étant, selon Choléra, réservé aux gens riches. De l'argent jeté par les fenêtres, doit-il se dire. La faible clarté va se perdre sur les silex inégaux qui pavent le devant de la maison.

La vieille couverture grise datant du plan Marshall qui tenait lieu de double rideau, et que Choléra ne se sent plus la force d'accrocher aux deux clous plantés dans l'huisserie, sert à présent de cache-nez à l'antédiluvienne Ami 6. Quant aux volets, gonflés et déformés par cinquante ans d'averses, ils menacent de se volatiliser à tout moment.

La ferme n'est plus protégée du noroît que par quelques ormes gangrenés par la maladie. Choléra a vendu à Guerrand les grands hêtres majestueux qui fixaient les talus. Celui-ci s'est empressé de les débiter en stères approximatifs, qu'il revend au prix fort à des citadins par l'intermédiaire d'un hebdomadaire de petites annonces. Dépourvues de défense, les buttes de terre qui ceinturent la cour n'ont pas résisté longtemps aux assauts des averses ravinantes. Des brèches se sont ouvertes, par où s'engouffrent des torrents de boue laissant derrière eux de longues coulées qui semblent toutes converger vers la maison.

La cour offerte ainsi à tous les vents a vu s'abattre un à un les pommiers dont elle était plantée. Protégés par les hauts murs de la grange, il en subsiste deux, au tronc oblique et aux branches malingres, qui produisent bon an mal an deux ou trois rasières de pommes piquées que Choléra ne ramasse plus, mais qu'il se refuse à donner.

Quant à la mare, elle est à sec. Quelques vieux outils aratoires, une râteleuse avec son siège en fer, ainsi qu'une machine à laver de marque Vedette dont on voit briller le tambour, finissent d'y rouiller.

À l'heure qu'il est, Gaston (c'est le vrai prénom de Choléra) doit être en train de relire pour la énième fois le journal de la veille, l'oreille collée à un minuscule transistor made in Corée offert par *L'Union agricole* à l'occasion de son réabonnement, et qui donne l'impression, quand on l'entend de loin, d'être resté branché sur une des fréquences de son pays d'origine.

Gaston aime s'attarder sur les nouvelles qui filent le frisson. Son quotidien préféré entretient sa paranoïa en faisant sa une des faits divers des quartiers chauds du Havre. Braquages de succursales de banques, vols à l'arraché de sacs de mémés sortant de la poste, gymnases incendiés, pompiers caillassés, supérettes vidées de leur contenu… Il comptabilise les bagnoles cramées pendant la nuit, tremble pour le symbole des années pop qui sommeille dans son garage. Il n'éprouve en revanche que peu de compassion pour les victimes de tournantes, qu'il qualifie de « salopes consentantes ».

Bien qu'il soit favorable au rétablissement de la peine de mort depuis qu'une bande de cons, de retour d'Étretat, a embarqué ses brocs pleins de lait pour les déposer dix bornes plus loin ; à l'abrogation de la loi sur l'IVG (il ne porte pas Simone Veil dans son cœur) ; qu'il soit un chaud partisan de l'interdiction du droit de grève et de la fermeture de nos frontières ; qu'il demeure opposé à un rapprochement avec la perfide Albion ; qu'il apporte un soutien inconditionnel au conseiller général en place – c'est un gars de chez nous –, il se dit apolitique – tous des guignols. Monsieur le maire et ses grands airs ne l'impressionnent pas.

Quant aux affaires internationales, elles lui sont presque étrangères.

Gaston est aussi un accro du calendrier. Il n'appuie jamais sur la poire qui pend à la tête de son lit avant d'avoir révisé ses départements. Il connaît par cœur la gamme des produits et services de la Poste qui vous simplifient la vie, situe sur le plan du Havre les rues où ont eu lieu les agressions en tous genres de la veille. Il n'ignore pas que l'hiver surviendra le 22 décembre sur le coup de 7 h 04, ni que sa commune comptait onze cent trente-neuf habitants au dernier recensement.

Surtout, il est captivé par tout ce qui se rapporte au climat, non seulement les levers et les couchers du soleil et de la lune, les heures des marées, mais aussi les prévisions météorologiques à long terme.

La maison Oberthur, qui compte parmi ses rédacteurs un devin de la météo – il ne craint pas, plus d'un an à l'avance, d'annoncer un risque de verglas en janvier, des giboulées en mars, et un temps chaud et ensoleillé en juillet –, répond en partie aux attentes de Choléra.

« Y en a qui sont forts tout de même », me lance-t-il, admiratif, quand les prédictions du mage se vérifient, tout en hochant la tête, la bouche en avant. « Y déconne ton bonhomme », me lance-t-il en revanche quand l'astrologue se trompe.

Accourant à la barrière malgré son insuffisance cardiaque, il pointe du doigt le calendrier comme pour m'en demander le remboursement.

J'affecte un air surpris, réponds à sa supplique par la grimace d'un Henri Salvador ligoté sur les rails à l'approche du train.

Une année, mémorable, une erreur s'était glissée dans l'impression des prévisions, jetant le trouble dans l'esprit de Choléra. Le prévisionniste, qui voyait la neige floconner sur les blés à faucher, et les rhododendrons de monsieur le châtelain se couvrir de fleurs aux premières gelées, s'était attiré cette remarque de Pierrot le docker : « La grenouille à Gillot-Pétré a chopé la maladie d'Alzheimer. » Pierrot, lui, ne se fiait qu'à ses rhumatismes.

Privé de ses repères habituels, Choléra n'avait pas vu arriver la lame de fond qui balaya sa cuisine, un soir de novembre. Il n'eut d'autre choix que de s'agripper à la rampe d'escalier et de se hisser au premier étage en compagnie de Lucienne, son épouse, et de Joe, son cocker, canidé pourvu d'un solide appétit, mais « bon de garde », lui avait affirmé l'admirateur du célèbre chanteur en se défaisant du farouche animal. Sans le portable d'Étienne, qui revenait de faire la bringue chez son beau-frère à Pont-Audemer, ils y auraient peut-être passé la nuit, dans le froid et l'obscurité. Les secours se firent attendre. Deux jours auparavant, Choléra avait éconduit le jeune pompier venu lui présenter son calendrier. Il fut procédé à leur évacuation en barque. Joe, qui avait saisi un sauveteur par le bas du pantalon, faillit passer par-dessus bord. Pendant les deux jours que dura la crue, toute la maisonnée fut hébergée par « l'autre fainéant ». C'est ainsi que Choléra surnomme Étienne depuis que celui-ci est passé aux trente-cinq heures. Pour le remercier de son hospitalité, Choléra l'autorisa à ramasser les pommes de sa cour. Ce dernier déclina poliment son offre. Il n'allait pas s'emmerder à brasser alors que son frangin qui, rappelons-le, habite près de Pont-Audemer, met tous les ans six cents litres de cidre en bouteilles et que tiens, en janvier, il irait lui donner un coup de main pour les tirer. Étienne préfère consacrer ses week-ends à l'aménagement arbustif de son terrain en surplomb – qui de ce fait voit passer devant lui les trombes d'eau destinées à la cour de Choléra – et à la décoration de son intérieur, le reste de son temps libre étant réservé à Martine qui a une libido exigeante et n'en fait pas mystère : « T'aurais pas un calendrier X avec des beaux mecs à poil ? » Je n'ai pas. À défaut, elle se rabat sur un surfeur musclé au dos duquel se tient l'équipe de France de rugby au complet, en attente d'affronter les Blacks ; quinze beaux gaillards dont elle « ferait bien son dimanche ».

C'est aussi grâce au portable d'Étienne, Choléra étant le seul dans le voisinage à ne pas être équipé du téléphone, qu'un hélicoptère rouge de la protection civile s'était posé quelque temps plus tard dans le hameau, décapitant d'un souffle les trois cents tulipes perroquets qu'Étienne avait patiemment alignées à l'entrée de sa propriété. Un risque de thrombose nécessitait l'hospitalisation de Choléra.

Le gros insecte s'éleva dans les airs, soulevant les jupes de Lucienne. L'espace d'une seconde, Étienne songea à une tulipe à deux tiges. Martine, qui tirait une grande fierté de ses cuisses, versa une larme sur la fuite inexorable du temps.

À son retour de l'hôpital, Choléra prit une sage décision. Les médecins l'ayant mis en garde contre les émotions fortes, il renonça à se mettre au volant de l'Ami 6 et en confia la conduite à Guerrand. C'est ainsi que, depuis, le mercredi, Guerrand est chargé d'emmener Choléra et Lucienne au marché. La petite voiture, à la suspension empruntée à la 2 CV et aux lignes avant-gardistes qui la font ressembler à une grenouille, ne sautille plus d'une flaque d'eau à l'autre sous les à-coups parkinsoniens du pied de Choléra.

*

C'est en l'an 15 avant JC (Joe le Cocker) que j'ai fait pour la première fois mon entrée dans la cuisine de Choléra, mes calendriers sous le bras. Tanguant sur le carrelage bombé par endroits, j'approchai de la table appuyée contre la fenêtre. Le soleil matinal faisait mieux ressortir l'usure de la vieille nappe en toile cirée. Par les trous qui la criblaient, on devinait les motifs champêtres de la nappe précédente. Après les avoir chapeautés de leurs couvercles en plastique rouge, Lucienne mit de côté les deux verres à moutarde dans lesquels ils venaient de prendre leur café. Comme je m'en étonnais, elle m'expliqua que c'était par mesure d'hygiène qu'elle prenait cette précaution. En même temps, elle me montra le papier tue-mouches affichant complet qui tombait du plafond.

Tout en m'observant, et sans rien me révéler sur eux-mêmes, Lucienne et Choléra me soumirent à un interrogatoire en règle, d'où il ressortait que, malgré leur éloignement du bourg, ils étaient plus au courant que moi de ce qui s'y tramait. À leurs allusions, je crus comprendre qu'ils n'ignoraient rien non plus de mon passé de facteur et que mes frasques sentimentales ne recevaient pas leur approbation.

Choléra, qui en avait pour un an de lecture, mit un soin tout particulier dans le choix de son almanach. J'eus le temps de remarquer qu'il avait du coton dans les oreilles, sans doute pour prévenir une invasion de microbes, et qu'il souffrait aussi d'une légère tremblote, sûrement due à l'émotion. Lucienne le regardait faire, soumise et admirative.

– Combien qu'on vous donne ? me demanda-t-il après s'être enfin décidé.

– C'est selon ! répondis-je.

Il opéra alors un transfert de sa poche à la mienne, avec l'adresse d'un illusionniste. Je savais que cette façon de procéder masquait une radinerie qui ne voulait pas dire son nom. La suite confirma mes craintes. Choléra, qui venait de conclure une bonne affaire, me proposa un café. À la vue des traces noirâtres qui culottaient le fond des verres, je refusai.

– Ce s'ra pour eune aut' fais, me dit Lucienne dont la curiosité demeurait insatisfaite.

Elle recouvrit les verres de leur membrane protectrice et coupa le gaz sous le café clairet qui commençait à frissonner.

– Attendez mé, j'viens aveuc vous, lança Choléra.

Il claqua plusieurs fois son béret sur son genou avant de le coiffer, puis il passa péniblement sa canadienne hors d'âge.

Tout en me reconduisant à ma 4L, il se livra à des commentaires sur le temps. Le vent avait tourné pendant la nuit, ça n'annonçait rien de bon.

– Vous avez bien chin minutes, me dit-il, parvenu à la hauteur de son garage.

Sans attendre ma réponse, il sortit de sa poche une clé qui me parut énorme et l'introduisit avec difficulté dans la serrure.

– Merde, fit-il excédé, en faisant jouer la clé et en secouant la porte. Ça va t'y v'ni !

Alors qu'il semblait près de renoncer, les deux battants s'ouvrirent en même temps, découvrant l'Ami 6.

Il marqua un temps d'arrêt, comme s'il hésitait à mettre un pied dans l'eau froide du XXIe siècle.

– C'est un héritage, tint-il à préciser. Puis il ajouta : Sans cha vous pensez bien qu'on aurait pas pu se la payer.

Il m'obligea à faire le tour de son legs, me faisant remarquer l'état impeccable des baguettes chromées et le volume spacieux du coffre. Il m'invita ensuite à m'installer au volant et à goûter au confort de la sellerie « haut de gamme ». En me désignant les poignées des portières et les accoudoirs, il précisa, non sans une pointe de fierté : « C'est les mêmes que la DS. »

La visite n'était pas terminée. Prenant ma place, et après une bonne minute à se tortiller pour trouver l'assise idéale, il donna un coup de démarreur, un seul. Le bruit caractéristique de la deux-pattes envahit le garage. M'exécutant de mauvaise grâce – quarante minutes s'étaient écoulées depuis mon arrivée –, je dus encore mettre le nez sous le capot et constater, émerveillé, que le bicylindre répondait sans regimber aux sollicitations de son chauffeur. Quand le moteur, qui tournait avec la régularité d'un carillon Westminster, eut atteint sa vitesse de croisière, Choléra, aux anges, mit pleins phares et actionna les essuie-glaces. Ces manipulations étaient à n'en pas douter les points d'orgue de la démo, et je m'apprêtais à refaire surface, quand Choléra me gratifia d'un coup d'avertisseur en traître. Surpris, j'allai donner de la tête dans le capot. Choléra exultait avec modestie. Feignant de m'intéresser à la suspension, j'imprimai en représailles une forte pression sur l'aile de l'Ami 6 et la relâchai brusquement. Choléra eut le mouvement de cou de ces toutous miniatures que l'on voit hocher la tête à l'arrière des voitures. Je répétai la manœuvre en l'accélérant et en l'amplifiant. Cramponné au volant, Choléra perdait peu à peu de sa superbe. Il avait le regard du possédé de Géricault, et sa mâchoire montrait des signes de décrochage. Cédant à la panique, il enfonça la pédale d'accélérateur. Prudent, je m'écartai, sans pour autant réduire mon effort. À l'instant où le moteur, poussé à son maximum menaçait de rendre l'âme, Choléra coupa le contact. Une explosion se fit entendre. Sa rémanence dura une éternité.

Dans le garage, l'air était devenu irrespirable.

En refermant le capot, Choléra vérifia qu'il n'était pas bosselé.

Un peu plus tard, de retour dans ma 4L, je dénombrai dix-neuf pièces jaunes de dix centimes chacune. Leur somme représentait à l'époque la moitié du prix du calendrier.

Des rumeurs m'étaient parvenues, faisant état de bonnes relations entre grand-père et Choléra. Par quelle mystérieuse alchimie la sympathie avait-elle pu naître entre l'homme de la terre attaché à son coin de paysage et le marin épris de grands espaces ? Peut-être échangeaient-ils des considérations sur le temps ? Je me souvenais, gamin, d'avoir aperçu à plusieurs reprises le Solex de grand-père appuyé contre la grande barrière de Choléra, un cageot sur le porte-bagages. J'en avais conclu que Choléra était un amateur de fruits de mer.

Mais je m'imaginais mal grand-père négociant avec lui. Ce n'était pas le genre du bonhomme. Il fixait un prix qu'il estimait juste et s'y tenait. Quand ça ne convenait pas, il tournait les talons. Ou bien il procédait à des échanges : une bouteille de calva contre deux homards, un poulet contre des soles ou des tourteaux... C'était un homme de la mer, il savait la vanité des choses. Il avait sombré avec son cargo. Un minéralier italien l'avait repêché dans une eau infestée de requins. Il avait connu d'autres cieux, côtoyé d'autres gens, il avait aimé Lila la Sénégalaise. Choléra avait hérité de la ferme de son père. Dispensé de service militaire, il n'en avait pas bougé. À ce que j'en savais, il n'avait jamais dépassé les limites du canton. La seule fois où il s'y était risqué, il s'était perdu au retour. Son mariage avait été arrangé à l'avance. Il n'avait visité d'autres cuisses que celles de Lucienne qui, d'après Choléra lui-même, ne les ouvrait qu'avec parcimonie.

Tout opposait ces deux individus, qui s'étaient pourtant liés d'amitié.

*

Comme nombre d'agriculteurs que les fluctuations boursières incitent à la prudence, Choléra s'est constitué un complément de retraite en investissant dans la pierre. Du bien. (À dire en pinçant les narines.) Au prix d'énormes sacrifices – en ne cédant pas à la mode des bouchons sous Fourvière par un samedi noir de juillet, en ne disputant pas un carré de sable brûlant à un couple de Danois hégémoniques, en renonçant à se rompre le cou à La Clusaz, en ne se payant jamais un petit resto, en ne grossissant pas les rangs des adorateurs de Leonardo dérivant sur son glaçon, en se fringuant chez Récup... –, il a enrichi son patrimoine foncier d'une petite maison dans le centre de Gonneville et d'un studio au-dessus de la Caisse d'épargne. Il en a confié la gestion à son notaire, qu'il déteste mais à qui il donne du Maître à tout bout de phrase, en tenant à deux mains son béret. Moyennant deux mois de loyer, l'homme de loi se charge de louer les deux logements à un prix prohibitif. Gonneville, qui présente les avantages d'un chef-lieu de canton (supermarché, buraliste, pharmacie, « clube » des anciens...) sans en connaître les inconvénients (notaires, assureurs, banquiers... et l'ennui mortifère qui émane de ces importants personnages), fait l'objet d'une surenchère locative. Pas un agriculteur proche de la retraite qui ne rêve d'y finir ses jours en acceptant d'y mettre le prix. En l'espace de trente ans, combien j'en ai vu de ces preux chevaliers tenant la bride à huit socs en ligne, l'horizon pour frontière et des nuées de mouettes criardes et goulues leur faisant escorte, relégués un matin au fond d'une impasse, monarques déchus ne régnant plus que sur deux rangs de poireaux, une tondeuse de cinquante-trois centimètres de largeur de coupe en guise de monture. Parfois même, une Flymo sur coussin d'air. Mais à Gonneville ! D'autres, octogénaires en puissance, érigent à l'entrée du bourg, et à grands frais, des pavillons traditionnels en dur pourvus de tout le confort moderne, une cuisine aseptisée et quatre chambres inutiles. La cheminée est proscrite. Elle dépose de la suie sur les meubles et rappelle la rudesse des hivers d'autrefois.

Cet engouement spéculatif profite à Choléra. Il scrute chaque mercredi la petite maison à la façade fraîchement repeinte aux frais du locataire, s'extasie devant la profusion des géraniums qui garnissent le rebord des fenêtres et, après un tour de marché, admire la petite barrière en cèdre rouge qui s'ouvre sur un jardinet bien entretenu. Puis il regagne sa tanière insalubre dont il ne consentira à déménager, dit-il, que lorsqu'il se sentira vieux. À moins que, d'ici là, une ultime déferlante venant du champ en surplomb ne l'emporte dans ses flots turbides.

Le studio, quant à lui, est loué à un vieux garçon qui ne fait pas de bruit et que l'on ne saurait soupçonner d'avoir tagué la porte du local dans lequel André le cantonnier-garde champêtre remise ses outils.

À Gonneville, où tout finit par se savoir, Choléra passe pour un « pauvre manant ». Son aspect miséreux inspire de la pitié. « Je ne l'envie pas », murmurent les âmes compatissantes sur son passage. Il ne fréquente pas le « clube » des anciens, où ma belle-mère se distingue aux dominos. Il ne participe à aucune fête, brille par son absence au défilé des chars fleuris, une bonne averse ruinant parfois en dix minutes le travail de toute une année. Il se soucie peu du salut de son âme puisqu'il ne met plus les pieds à l'église. « Même pour y faire ses Pâques », déplore monsieur le curé. Il entretient d'assez mauvais rapports avec ses voisins, contraint Mimi à labourer en décalage afin de ne pas empiéter sur ses terres. On ne lui connaît pas d'amis. Il ne reçoit pas de visite, hormis celle de Guerrand qui l'emmène au marché. Il s'entretient parfois de jardinage avec Étienne, pour qui il n'a aucune estime et à qui il prodigue généreusement de mauvais conseils. « Un triste sire », disent ceux qui ont eu l'occasion de l'approcher d'un peu plus près. D'ailleurs il est fâché avec toute sa famille. Fils unique, il a pris pour femme Lucienne, unique elle aussi, et qui ne lui a pas donné d'enfants.

« C'est l'État qui va hériter », se lamente Guerrand, qui redouble d'attentions. Son petit manège n'échappe pas aux habitants du hameau qui se réjouissent de la longévité de Choléra.

Je n'étais pas loin de partager l'opinion générale quand, annonciatrices d'un automne précoce, huit feuilles sont tombées en septembre. Elles émanaient de cinq perceptions différentes, dont une située dans le seizième arrondissement de Paris. Cette dernière provenance n'a pas manqué de m'intriguer. Ainsi, les deux propriétés gonnevillaises ne forment que la partie visible de l'iceberg immobilier de Choléra. Choléra a vu la tour Eiffel ! J'ai échafaudé un scénario haletant. Rien n'y manquait, ni le passage du pont de Tancarville par l'Ami 6, ni les gros plans sur les phalanges blanchies des mains de Choléra abordant le périph, ni le regard rempli d'effroi des automobilistes qui avaient eu le malheur de l'approcher.

J'ai enliassé, bien que cela ne s'imposât pas vraiment, le paquet d'enveloppes à l'aide d'une ficelle que j'ai croisée en son milieu et nouée d'une faveur. Puis j'ai glissé le tout entre les barreaux de la barrière. Je pourrais toujours, au cas où Choléra s'étonnerait du soin apporté à mon travail, invoquer le vent violent qui malmène les ormes depuis deux jours.

J'agissais de même avec Guerrand, lequel souffre de collectionnite immobilière aiguë, avec le père de Framboise, boucher bâtisseur qui donne toujours l'impression, quand il me taille un bifteck, de trancher dans le vif de la fonction publique, et avec quelques autres, dont un agent immobilier roulant en BM que d'habiles montages financiers exonèrent d'impôts et qui, de ce fait, perçoit l'allocation de rentrée scolaire pour ses deux fils. Traditionaliste, il prend le calendrier mais oublie de le payer : il n'a jamais de monnaie sur lui.

*

Comme Popaul le chef de gare l'a laissé supposer, Choléra « boufferait sa merde ». Ma défection dût-elle se révéler fatale à son cœur, j'avais décidé de ne pas renouveler l'expérience du calendrier de l'année précédente. C'était compter sans grand-père. Par une nuit agitée – elles le sont toutes en décembre – il m'apparut, debout à la proue du navire qu'affrétait pour lui une famille de riches négociants havrais, dans son tricot rapiécé, la joue gonflée par la chique. Du filet enroulé à ses pieds, il tira une poignée de calendriers qu'il lança en l'air. Précédant le canot de quelques encablures, comme porté par les flots, marchait Choléra, dans sa canadienne du dimanche, son béret griffé d'un brin de paille. Il avait omis de se raser. Sa ressemblance avec Louis-Ferdinand Céline de retour de son long exil danois était saisissante. Il avançait, paisible, les bras le long du corps, le regard tranquille, indifférent à l'écume qui frangeait le haut de ses bottes. À un moment, il opéra une lente et théâtrale rotation de l'avant-bras, et ses mains s'ouvrirent. Je ne l'avais jamais vu dans d'aussi bonnes dispositions. Les calendriers, dont le nombre, en prenant de l'altitude, s'était mystérieusement accru, tombaient à présent en pluie sur ses paumes, qui les dispatchaient illico presto et à la vitesse de Chronopost dans toutes les directions. À n'en pas douter, j'assistais à la multiplication des calendriers. Le message était clair. Le lendemain, je me suis présenté chez Choléra aux aurores, et j'ai fait de même les années qui ont suivi, même si j'y laissais des plumes.

*

– Chez Palace, c'est l'Amérique, on peut, en période de soldes, faire l'acquisition d'une boîte aux lettres normalisée en plastique grisâtre. Percée sur sa façade d'une étroite fente que la défloration brutale à laquelle elle est soumise chaque jour ne tardera pas à faire voler en éclats, cette boîte a pour seule qualité de protéger le courrier des averses, fréquentes sous nos latitudes. Quant au jeu de clés supposées en garantir l'inviolabilité, il est rapidement égaré par son propriétaire (le remède consistant alors à tenter d'introduire la main dans la petite ouverture et à tirer, jusqu'à la fracture, qui se produit avec un bruit sec et vous laisse de mauvaises vibrations au bout des doigts), ou bien il finit soudé à la serrure par la rouille.

« La boîte en ferraille, certifiée NF, plus onéreuse j'en conviens, mais qui s'ouvre des deux côtés, est d'une autre trempe. Soumise en labo à mille intempéries artificielles, traitée avec un produit anticorrosion, elle allie l'avantage de la sécurité à celui de la robustesse (pas au point tout de même de résister à un camion-poubelle qui recule, comme ce fut le cas chez Antoine). On veillera cependant à ne pas en perdre la clé, l'emploi de la masse ou du lapidaire s'avérant sinon nécessaire.

« On peut aussi, ce qui est moins coûteux mais présente des risques, accrocher à sa barrière un bidon d'huile de cinq litres (ma préférence allant à la Shell à cause de sa couleur jaune orangé vite repérable) qu'on aura éventré sur une de ses faces et que l'on clouera la tête en bas, sans son bouchon, pour éviter que l'eau n'y stagne. Outre celui d'être exposée aux aléas climatiques, cette boîte a pour principal défaut celui de s'offrir sans résistance à la convoitise des petits farceurs, qui n'ignorent pas que le Crédit agricole expédie ses chéquiers sans les recommander.

Et je conclus par :

– Mais le « mec plus qu'ultra », dirait Pierrot le docker en parlant de Guerrand, c'est d'ériger au pied de sa barrière une boîte sur pied en fonte, d'un seul tenant. Fondue dans les environs de Munich, d'une solidité à toute épreuve, cette boîte richement ouvragée fait l'unanimité auprès des gens de goût. C'est celle qui vous conviendrait le mieux.

C'est plus que Choléra n'en peut supporter. Il porte la main à son cœur comme si l'embolie menaçait, puis il extrait de sa canadienne un spray dont il s'envoie une giclée sous la langue. Requinqué, il exprime un souffle imprégné de café clairet. Ce n'est pas encore pour cette fois. La tourelle du phare d'Antifer, qui apparaît au-dessus de son béret, lui confère un air de Géo Trouvetou mal rasé. S'armant de courage, en prenant appui sur le rebord de la portière, comme s'il craignait l'effet de choc de ma réponse, il me lance :

– Du temps d'papa – et dans sa bouche le mot « papa » fait l'effet d'un néologisme savoureux – j'ai jamais vu d'boîte mé.

« Du temps d'papa » le facteur avait toujours son couvert. Il était de tradition qu'il mange à la ferme le mardi. Feu maître Gaston, le père de Gaston junior, y mettait une condition : que son invité soit devant son assiette à midi pile. Avec celle de ne pas laisser de pain, c'était sa seule exigence. Il était arrivé, ainsi, que le hameau du dessus fût privé de courrier.

– De toute façon, avait approuvé Louis qui y habitait, si c'est pour apporter les contributions, ça peut attendre.

Les cent mètres qui séparent la barrière de la maison paraissaient alors bien courts à Léo, mon prédécesseur sur la tournée. Et bien longs à remonter certains jours de moisson. Léo abandonnait, tel un cheval fourbu, sa mobylette contre un des piliers de la barrière. Quand un voisin venait à passer, il puisait dans les sacoches le courrier destiné aux habitants de son hameau.

Sans nouvelles de son facteur, mademoiselle la receveuse faisait les cent pas devant la poste, consultant sa montre. Léo ne se hasardait pas à faire le coup du « J'ai crevé trois fois, j'avais pas de rustines » ou mieux : « Ma tournée a besoin d'être révisée ». Il jetait son casque à terre, avec le fatalisme d'un pilote de la RAF rentrant d'une mission difficile, et laissait à mademoiselle la receveuse le soin de faire le tri entre ses mandats impayés, ses lettres recommandées et son courrier à expédier. Un de ces funestes mardis, il rata son virage et vint percuter le portail que la vieille fille, impatiente, venait de refermer. Le contenu de la sacoche se répandit sur la chaussée. La roue de monsieur Fouché happa trois lettres au passage et les recracha cinquante mètres plus loin, dûment oblitérées.

Le lendemain, Léo, comme frappé de mutisme, fournissait un travail irréprochable.

– Feu maît' Gaston, paix à son âme, il aimait bien boire un p'tit coup. Son cidre je te dis pas… et les étrennes – Léo fait glisser son index contre son pouce. Du fricot, t'en avais plein ton assiette… C'est ça qui l'a perdu le pauv' bonhomme… Peut-être aussi un vieux reste de chagrin… Il est parti d'une attaque, le nez dans sa blanquette… Une belle mort.

Léo n'aura pas cette chance. Une poussée de tension a obstrué d'une boule de graisse l'artère qui irrigue son cerveau. Depuis, il erre de son atelier, où la grande scie à ruban s'est tue, à sa télé, qu'il regarde sans la voir. Pour éviter qu'une telle mésaventure ne se reproduise, je me suis muni d'un tensiomètre que je passe aux poignets de ceux qui souffrent de ce mal insidieux.

– C'est à peu près tout ce que papa m'a laissé, pleurniche Choléra. Des artères qui se bouchent.

Junior feint d'ignorer qu'il fut jusqu'à trente ans un célibataire proche de l'obésité. Depuis, Lucienne l'a converti à la diététique. Il fait son ordinaire d'une soupe où surnagent un poireau et une patate, complétée de deux sardines et d'un rogaton de camembert bon marché. Trop tard ! Le mal a été fait. Choléra n'en sortira pas indemne.

Pour la boîte aux lettres, qu'il se rassure, en souvenir de grand-père, je continuerai à glisser sa feuille de chou entre les barreaux et je tempérerai les ardeurs du vérif qui menace de le priver de courrier s'il n'installe pas une boîte. Mais qu'il ne s'avise pas de récriminer.

– Alors on est d'accord, acquiesce-t-il, visiblement satisfait de cette économie substantielle.

Le lendemain, une taupinière a régurgité la facture EDF que j'avais coincée dans la barrière quinze jours auparavant. Choléra ne s'en est pas formalisé.

*

L'année de la sécheresse fut l'année des subventions. On se souvient des levers de fourches, des vaches paissant les branches des pommiers, et du crâne ondoyé de Giscard louant le ciel, le jour du 14 Juillet. Ce geste symbolique ne suffit pas à calmer la colère qui sourdait des étables. Malgré l'envolée des prix qui compensait largement la baisse de la production, et sous la pression du Centre national des jeunes agriculteurs qui brandissait la menace d'un automne chaud – une benne de fumier fut déversée en avertissement devant la perception de Chamalières –, des subsides furent débloqués. « La nation saura se montrer compatissante », chuinta Valéry en reportant *sine die* le versement du troisième tiers des protestataires.

C'est ainsi qu'en moins d'un an, le parc automobile des agriculteurs fut complètement renouvelé. Seul Choléra resta fidèle à son Ami 6. Guerrand, notamment, fit l'acquisition d'une R16 rutilante, de couleur bleu clair dans laquelle il paradait, parcourant au pas le hameau en soumettant sa mâchoire inférieure d'homme préhistorique à un mouvement qui traduisait sa satisfaction. André le garagiste, le premier bénéficiaire de la manne élyséenne, s'offrit, pour la première fois en vingt ans, une semaine de vacances à la Guadeloupe.

La régie Renault, voyant grossir son carnet de commandes, embaucha du personnel. Gérard, un commis de ferme menacé de chômage par la mécanisation, prit le chemin de Sandouville où les trois huit l'attendaient.

Ce même été fut celui des photos aériennes.

La méthode de distribution du courrier dite « à l'américaine », suggérée par Tati dans *Jour de fête*, avait peut-être inspiré le Grand Directeur de la Poste. C'est ce que nous craignions, mes collègues et moi, en voyant un hélicoptère vibrionner au-dessus de nos têtes. Les bruits les plus alarmistes circulaient chaque matin parmi les trieurs. Xavier, qui avait son brevet de para, se tenait prêt à sauter sur Gonneville, la sacoche en bandoulière. Bernard, qui préférait ramper, se refusait à cette idée.

Un premier arrivage de soixante-dix photos mit fin à nos supputations.

C'est avec une grande circonspection que Choléra accueillit cet envoi tombé du ciel. Campé sur le pas de sa porte, il hésitait à me faire entrer.

– J'creïais qu'ça v'nait par le privé, me dit-il déçu.

Connaissant son sérieux, la firme Heliphoto, basée à Nantua, avait préféré recourir aux services de la Poste.

– On peut veï c'qui y'a d'dans ? se risqua-t-il en essayant de me tirer le colis des mains.

– On paye d'abord, répondis-je en exécutant une véronique parfaite.

– Mais si c'est pas pour nous, gémit-il en voyant le paquet lui échapper. Si c'est pas pour nous.

Je lui signalai que le nom et l'adresse qui figuraient sur le colis correspondaient bien aux siens. Pour autant, Choléra ne semblait pas convaincu.

– Pis si c'est pas pour nous, insista-t-il sur un ton plaintif.

– Vous le renvoyez tout simplement.

– À nos frais ?

Cette éventualité l'insupportait. Il inhala une bouffée de son vaporisateur.

– On pourrait peut-être s'arranger, tenta-t-il en prenant une mine de conspirateur.

Lucienne était accourue à sa rescousse, un rouleau de ruban adhésif à la main. Mais je ne consentis à me défaire du paquet qu'après qu'ils en eurent acquitté le prix.

Pour Edmond, j'antidatais trimestriellement la missive destinée au percepteur. Chez Juliette, j'avais réparé une erreur de distribution en décollant à la vapeur une lettre de CCP. À l'aide de mon soude-sacs, je redonnais régulièrement une nouvelle virginité aux enveloppes plastifiées des magazines visités. Mais cette fois, je me retranchai derrière le règlement. Lucienne disparut dans la cuisine. Choléra, qui venait de changer les cotons de ses oreilles, me fit remarquer la blancheur inaccoutumée des cumulus qui défilaient au-dessus de nos têtes, poussés par un vent de noroît. Je ne pus réprimer un sourire. « Quand le cumulus fuit, c'est signe d'eau », lui avait dit un jour Pierrot le docker, sans que Choléra y vît malice.

Lucienne réapparut, des liasses de billets à la main. Choléra, au supplice, détourna les yeux. Le compte y était, au centime près. Lucienne s'en assura par trois fois en mouillant le bout de son index.

Ils se refusèrent à ouvrir le paquet devant moi et je dus patienter jusqu'aux calendriers pour admirer la vue aérienne au-dessus de la cheminée. L'altitude montrait mieux la désolation de la cour. L'herbe jaunie par le soleil, les talus défoncés, les traces de terre craquelée, on eût dit une maison du pays de Caux dressée aux portes du désert. La photo en elle-même présentait des signes de vieillissement prématuré. Elle ne méritait décidément pas le sacrifice financier que Choléra avait consenti pour elle. Il ne fut pas le seul mécontent. Un comité des arnaqués se forma, avec à sa tête madame Fernande qui avait choisi le grand modèle. Entre-temps, la société Heliphoto avait plié bagage, décourageant ses poursuivants. Parcourant par une nuit sans lune les quelques kilomètres qui séparent Nantua de la frontière suisse, elle établit son nouveau quartier général à Genève, où elle prit le nom d'Aboview. Revenant à la charge quelques années plus tard, je constatai, surpris, qu'Aboview rencontrait le même franc succès auprès des agriculteurs et des retraités.

Prétextant les couleurs embues de la photo aérienne, Choléra se montra moins généreux aux étrennes qui suivirent. J'allais me récrier, établir un parallèle, souligner le parfait état de conservation du précédent calendrier quand :

– Laisse tomber, me murmura grand-père à l'oreille.

Je sortis, maugréant contre l'esprit de famille.

*

Les années sont passées, accroissant le déficit. Choléra n'est rien de plus qu'un des deux cent soixante-trois points de distribution de ma tournée à qui, au nom d'une vague réminiscence affective, une faveur est accordée. Certes je ne lui dis pas merci pour la R18, moteur refait – il ne fut pas le seul – dont je suis devenu l'heureux propriétaire grâce aux calendriers et qui, telle la rose du poète, aura, aux premiers frimas du vespéral automne, son « moulin » laissé choir. Peu de chances non plus que l'arête d'une des deux sardines qui maintiennent encore Choléra en vie ne me reste un matin en travers du gosier, ni que le grand orme qui s'est abattu sur le toit de sa grange ne finisse un soir dans mon insert. Il n'en demeure pas moins qu'il est un des fils ténus qui me relient encore à grand-père, de qui j'ai tant à me faire pardonner.

En revenant de chez Louis, je l'aperçois au loin. Il arpente son talus, perdu dans ses pensées. Se baissant parfois, il ramasse le bout de ficelle de Guy de Maupassant, le glisse furtivement dans la poche de sa canadienne, avec l'air fautif de celui qui vient de commettre un larcin. Une autre fois, il s'appuie contre un des ormes pourris, comme pour y recueillir les dernières paroles d'une nymphe des bois. Un matin, il s'est pris le pied dans une souche et a failli tomber du talus. Il en a perdu son béret. Depuis, je lève le pied avant d'aborder la descente. Quand ce n'est pas pour fulminer contre le Nostradamus du calendrier, ou pour s'étonner de la durée de mon « pain de dix heures », il m'entretient du temps qui ne manquera pas de se détériorer d'ici la fin de la matinée ou de la température un peu fraîche pour la saison.

*

Des années avant Joe le cocker, Lucienne s'était prise d'affection pour Maggie, une truie au caractère ombrageux qui interdisait l'accès de la cour aux étrangers, pourchassait les gosses du hameau du dessus venus récupérer leur ballon, et contestait l'autorité du coq. Malheur au représentant de commerce qui poussait la barrière sans s'annoncer. Pour échapper à la colère de Maggie, il n'avait d'autre issue que la fuite. Tenu à bonne distance de la barrière, il s'efforçait alors d'attirer l'attention de Choléra, lequel ne disposait ni de sonnette ni de cloche. Son attente s'éternisant, ses appels désespérés finissaient par ameuter les chiens du voisinage, dont les aboiements faisaient bientôt écho aux grognements de la truie. Enfin averti, Choléra opérait une première sélection en jetant un coup d'œil dans le rétroviseur de l'Aronde fixé à la grille de fenêtre qui donnait sur l'entrée de la cour. Dans le doute, il faisait le mort. Transi de froid, l'infortuné représentant préférait renoncer. Dans le cas contraire, une fois l'intrus identifié, Lucienne faisait son apparition en réajustant son chignon dans un souci de coquetterie. Elle hélait la truie, qui venait se ranger docilement contre elle. Puis elle invitait le représentant à descendre le chemin sans montrer d'appréhension. Étonné qu'un être aussi frêle puisse exercer son ascendant sur un pareil fauve, celui-ci s'exécutait sans quitter des yeux Maggie et en décrivant une large courbe. Un grognement proche du rugissement achevait de le terroriser. Il hâtait le pas. Parvenu en bas du chemin, les godasses toutes crottées, il s'engouffrait dans la maison en claquant la porte au nez de Lucienne. Son départ s'effectuait dans les mêmes conditions.

Guerrand était bien la seule personne dont Maggie tolérait la présence dans la cour. Elle accueillait sa visite par des couinements énamourés. Guerrand répondait incomplètement à ses avances en lui flattant la couenne qu'elle avait pubescente. Maggie rosissait sous sa caresse. Au retour, elle lui faisait un brin de conduite jusqu'à sa voiture en tire-bouchonnant gentiment de la queue, une étrange lueur dans ses yeux d'ordinaire si inexpressifs. Les observant de ma 4L, je me plaisais à les imaginer, entretenant une relation amoureuse.

C'est à moi que Maggie réservait ses plus belles colères. Dressant l'oreille au bruit de la 4L, elle accourait à ma rencontre, les mamelles en bataille. Le groin écumant, elle grattait le sol de son sabot, comme pour m'inviter à la confrontation. Sans céder à ses provocations, je préférais l'entraîner dans des courses-poursuites haletantes. J'avais disputé le semi-marathon de Bolbec à plusieurs reprises. Je m'y étais comporté honorablement, couvrant la distance en un peu plus d'une heure vingt. J'avais une pointe de vitesse que m'enviait Boulanger le véto, lequel connaissait avec les animaux des problèmes liés à sa profession, pas très éloignés des miens. Maggie pouvait toujours s'aligner. Piètre stratège, elle préférait le choc frontal à un habile contournement. Pour cette raison, et bien qu'elle fût une Craon, race dont la ténacité n'est pas la moindre des vertus, elle n'est jamais parvenue à me rattraper.

Passant outre mes mises en garde, un vérificateur téméraire – ils le sont tous, sauf en présence de monsieur le directeur –, offusqué de ne pas voir de boîte accrochée à la barrière, s'aventura un matin dans la cour. À peine avait-il franchi le coin du garage qu'il dut rebrousser chemin sous les grognements de Maggie qui chargeait. Dans sa fuite, il achoppa contre un silex qui affleurait. Il se releva péniblement, la paume des mains écorchée, les larmes aux yeux et le pantalon troué à un genou. Maggie avait presque rattrapé son retard quand il referma sur elle la barrière.

La direction expédia à Choléra un pli comminatoire auquel il ne répondit pas. Deux inspecteurs furent dépêchés. Ils se heurtèrent à l'incompréhension de Maggie et à la surdité sélective de Choléra. En guise de compensation, la direction accorda les pleins pouvoirs au vérificateur. Trente clients s'ajoutèrent à ma tournée. J'en ris encore.

En fait, avec Maggie, l'attitude la plus appropriée était celle de Choléra. Maggie n'était jamais aussi bonne que quand elle se produisait devant un inconnu. Devant Choléra qui boudait sa prestation, elle se montrait décevante. De dépit, elle fouillait la boue avec son groin et s'ébrouait bruyamment dans les déjections des poules et des canards. Indifférent à toute cette agitation, Choléra prenait la direction du talus, sur lequel il grimpait à l'aide de son bâton. Parfois, Maggie, fâchée de susciter aussi peu d'intérêt, accourait derrière lui sans crier gare, introduisait son museau entre ses cuisses et le soulevait comme pour l'aider à gravir la butte de terre. Luttant pour conserver son équilibre, Choléra se retournait pour lui asséner un coup de gourdin. Son geste allait se perdre dans les airs.

Au sommet de sa forme, Maggie creva.

– On lui a donné une cochonnerie à bouffer, m'affirma Choléra avec l'air accablé de celui qui vient de perdre un être cher.

La disparition de Maggie fut ressentie cruellement dans le hameau. Guerrand en fut le plus affecté. Un plaisantin envoya une lettre de condoléances à Choléra. Les représentants reprirent de l'assurance. Les gosses du hameau du dessus ne retinrent plus leurs tirs, et le coq bâcla un peu moins les préliminaires.

*

À présent qu'il s'est tu, je perçois mieux le grésillement du beurre fondant dans le petit plat en alu et l'odeur de l'œuf en train de cuire. Pendant que je faisais mon demi-tour, Louis est allé dans le cellier. Il réapparaît dans la cuisine, une bouteille de cidre à la main. Avant d'ôter mon blouson et de l'accrocher au dossier de la chaise en formica, je jette sur la table les deux journaux et la baguette que je viens d'acheter chez René. Yvonne a posé devant moi *Le Courrier cauchois* de la semaine dernière plié en quatre. Elle saisit une des anses de la gamelle avec une vieille serviette de toilette.

– Attention ! prévient-elle en approchant de la table.

Visiblement, le tissu éponge contient mal la chaleur qui se dégage du petit plat. Le beurre fondu frange d'un filet brun le blanc de l'œuf.

– Voyons, qu'est-ce qu'il nous dit de beau ton journal capitaliste ? fait Louis en dépliant *Paris Normandie.*

Façon de parler car les deux journaux régionaux appartiennent au même groupe de presse. Louis s'oriente en premier vers la page des sports. Les lourdes défaites qu'ont subies, à quelques heures d'intervalle, le XV de France contre l'Angleterre et Fécamp contre Pacy-sur-Eure retiennent plus son attention que la diatribe du folliculaire à la solde de Hersant contre la politique menée par le maire coco du Havre. Louis s'en réserve la lecture pour la fin. Pour l'heure, il s'étonne que Hauchard n'ait pas été retenu dans la sélection fécampoise et que « le coq se soit pris les pattes dans les épines de la rose ».

J'ouvre *Le Havre libre*, qui traite un peu plus de l'actualité du canton. Les grandes figures locales, essentiellement le conseiller général et ses affidés, s'y disputent la première place. Il est aussi le seul à publier les résultats des concours de dominos organisés par le « clube » des anciens. L'article est souvent relevé d'une photo, sur laquelle ma belle-mère s'arrange toujours pour apparaître, fixant l'objectif, bien qu'elle affirme ne pas avoir remarqué la présence du reporter. La rubrique nécrologique me confirme ce que les volets fermés du pavillon laissaient craindre depuis deux jours. Geneviève s'est éteinte à l'hôpital Charles-Nicolle, à Rouen. Son grand con de fils, qui se répand en regrets éternels sur le faire-part, a enfin pris conscience du mal dont souffrait sa mère.

Pendant que nous lisons, le silence s'installe entre nous. La maison, en briques et silex noirs, est située au sud-est. Le soleil vient frapper obliquement la photo de Claudine, la fille institutrice à Caudebec. Économe de ses paroles, Yvonne entreprend de nettoyer les carreaux du buffet. C'est une de ses tâches du mardi.

Il n'y a vraiment qu'un facteur pour bien savourer un œuf sur le plat, par un matin d'hiver glacial, dans la cuisine bien briquée d'une fermette. Le cidre qui pétille dans mon verre provient des pommes que Louis a lui-même ramassées et brassées à la main. On n'y retrouve pas la petite pointe d'amertume d'un cidre dont les pommes ont été écrasées par une presse hydraulique. Un verre de vieux-papes sera, comme il est indiqué sur l'étiquette, le « compagnon idéal » du morceau de camembert qui conclut cette frugale mais sustentatrice collation.

– Et maît' Gaston, qu'est-ce qui d'vient ? me lance Louis en hissant un œil périscopique au-dessus du journal qu'il tient ouvert devant lui. Est-ce qu'il va mieux ?

Trois nuits auparavant, Lucienne a foulé les herbes gelées et les mûriers en sommeil qui tapissent le chemin creux partant du coin de sa cour et remontant jusque chez Louis. En prévision d'un hiver comme on n'en a pas connu depuis la guerre, Choléra avait passé l'après-midi à scier du bois sous l'appentis. Assis sur un tabouret, le transistor astucieusement coincé entre l'oreille et le béret, il avait fait aller sa scie à bûches au rythme des chansons, une rétrospective consacrée à ACDC. Pris par le tempo, il n'avait pas chômé. Le soir, il s'est mis au lit sans prendre le temps de commenter les nouvelles, sitôt le poireau et la sardine engloutis. Comme il le fait chaque jour avant de s'endormir, il s'est plongé dans la lecture de son calendrier. C'est au niveau de Romorantin, sous-préfecture du Loir-et-Cher, qu'il a ressenti comme une gêne. Il ne maîtrisait plus les battements de son cœur. Lucienne a dû passer la canadienne pour venir téléphoner chez Louis, guidée par le faisceau tremblotant de la vieille lampe torche.

– NRJ à votre âge ? s'est formalisé le docteur Knock, en prescrivant à Choléra un calmant et en réglant le petit poste sur Radio Nostalgie.

– Gaston, il va recevoir de la visite, fais-je laconique, tout en soufflant sur le café qu'Yvonne vient de me servir.

– Tu vas encore être gâté, s'exclame Louis qui pense au calendrier.

Sa tête disparaît derrière le journal.

Jusqu'à ce qu'ils atteignent tous les deux l'âge de la retraite, ses démêlés avec Gaston furent nombreux et homériques.

– Gâté, je le suis déjà, dis-je à mi-voix avec un mouvement de tête à la Gabin.

Dégageant ma jambe de sous la table, je remonte le bas de mon pantalon, découvrant un mollet de coq barré en son gras d'un pansement très professionnel. Curieuse, Yvonne s'est approchée, le produit à vitres dans une main, le chiffon dans l'autre. Louis a abaissé son journal. Il brûle de connaître la suite.

– Vous voulez voir ?

Et sans attendre sa réponse, d'un geste épilatoire, je tire sur le sparadrap que Christian l'infirmier est venu me poser aux aurores. La plaie apparaît : deux déchirures aux contours violacés.

– C'est pas beau à veï, grimace Louis en se penchant. Y t'a pas loupé, ajoute-t-il en réprimant un sourire. Y va y coûter cheî san calendrier à maît' Gaston, conclut-il au bord du rire.

Gaston va encourir les foudres de Boulanger le véto, m'a affirmé mademoiselle la receveuse, visiblement troublée à la vue d'un mollet viril. Et Boulanger viendra s'assurer à plusieurs reprises que Joe n'est pas atteint de la rage.

– Et du choléra, précise Louis, radieux.

Tout s'annonçait pourtant bien. Joe m'avait réservé un accueil digne d'un facteur-chef, une fois réprimé le mouvement de recul que j'avais eu en entrant dans la cuisine. Il avait couru à ma rencontre, animé des meilleures intentions. En témoignait l'agitation de sa queue, de laquelle semblait s'élever une infinité de petits cœurs.

Puis il avait posé ses pattes antérieures sur mes genoux. Sous ma caresse, son échine avait été parcourue de longs frissons. Endormant ma méfiance, il avait multiplié les facéties, et je m'étais prêté à son jeu. Malgré quelques expériences malheureuses, j'étais encore, tout imprégné des aventures de Boule et Bill, prêt à accorder ma confiance au premier cocker venu. Non fondés, les bruits qui m'étaient parvenus. Joe n'avait vraiment rien d'une Maggie.

Après s'être assuré que son calendrier comportait bien douze mois, Choléra avait penché pour le « moulin à marée du Birlot » présentant au premier plan des hortensias d'un rose retouché numériquement, au dos duquel figurait un moulin à vent à Saint-Saturnin-lès-Apt (Vaucluse) : des pierres arides, un moulin désailé et trois cyprès, sur un ciel d'un bleu implacable. C'est alors que Joe avait donné des signes de nervosité, à l'instant où j'esquissais le geste de regrouper mes calendriers, bien avant que Choléra n'extraie de sa poche les quelques piécettes qu'il me destinait. Je m'en étais étonné sans susciter de réaction de sa part. Les grognements de Joe se rapprochaient de plus en plus de ceux de feu Maggie. Le seul fait de boucler ma sacoche avait déclenché les hostilités. Joe était passé à l'offensive. D'un bond il avait été sur moi, m'agrippant le mollet avec férocité et déchirant mon pantalon. La douleur avait réveillé mes instincts belliqueux. De mon pied disponible, je lui avais décoché un tir zidanesque dans les côtes. Saisi, il avait ouvert la gueule pour hurler sa souffrance. J'en avais profité pour me dégager, juste avant que le fauve n'opère une contre-attaque à laquelle j'étais préparé. Prenant pour cible son menton, je l'avais gratifié d'un second shoot, ronaldien cette fois-ci. Mais dans la confusion, mon pied avait dévissé, l'atteignant au bas-ventre. Joe avait fait entendre un couinement de castrat. Se détournant de moi, il avait reporté toute son attention sur ses parties intimes, qu'il s'était mis à lécher frénétiquement. Sa descendance désormais était loin d'être assurée, ou alors, elle naîtrait avec au front les stigmates laissés par mes brodequins à bout renforcé.

– Tenez, m'avait dit Choléra, indifférent à la scène qui venait de se dérouler, en essayant de me glisser sa poignée de mitraille dans la poche.

Mais je m'étais écarté. Les piécettes s'étaient répandues sur le pavé bombé, mettant fin au silence pesant qui avait suivi l'échauffourée.

Précédant de quelques années la mode des jeans troués, j'étais sorti, négligeant de refermer la porte derrière moi. En même temps je m'étais laissé aller à des paroles un peu vives, associant dans une même catharsis Maggie la cochonne, l'appart' dans le seizième, la photo aérienne, Joe le cocker et le mystère qui entourait grand-père et Choléra.

– Comment, t'es pas au courant ? me fait Louis incrédule.

*

Choléra est sur son talus, hiératique, les mains formant visière au-dessus de ses yeux, le col de sa canadienne relevé, le béret enfoncé jusqu'aux oreilles. Interrogeant le ciel du regard, il guette le retour du Spitfire qui, en mai 1943, prit en enfilade les voyageurs qui descendaient de l'autocar assurant la ligne Fécamp-Le Havre via Étretat.

L'objet de cette frappe chirurgicale, un sous-off de la Wehrmacht, dont le sniper volant avait repéré les insignes en passant, fut touché légèrement au bras. (Le héros dut quand même s'y reprendre à trois fois.)

Parmi les victimes « collatérales » de cet acte de bravoure, on dénombra deux morts et plusieurs blessés. Grand-père, qui se rendait à Gonneville par le chemin des Gamelins, fut le premier sur les lieux du drame. D'un côté de l'arrêt des cars reposaient ceux qui étaient blessés, de l'autre, ceux pour qui on ne pouvait plus rien. Cette disposition avait frappé l'esprit de Louis.

S'agenouillant dans l'herbe, grand-père se pencha sur Éliane, la fille de Choléra, une adolescente à peine sortie de l'enfance, juste à temps pour recueillir ses dernières paroles.

Privé d'embarquement pour cause de conflit mondial, grand-père occupait alors l'emploi de garde champêtre. C'était donc à lui qu'il avait incombé d'aller annoncer la nouvelle à Choléra.

L’oncle Roger

Une semaine plus tôt, on avait repêché Denise au fond de sa citerne, un chapelet passé autour de ses mains jointes. Son absence à la petite messe avait mis la puce à l’oreille de monsieur le curé, lequel avait alerté André, le garde champêtre. Elle n’avait pas survécu plus d’une semaine à l’infarctus de Roger, son époux. Cet acte désespéré, dicté par l’amour, avait remué tout le village. Quarante ans que Denise et Roger parcouraient le bourg pour se rendre à la messe tous les dimanches, bras dessus, bras dessous comme deux amoureux. D’ordinaire si dogmatique, monsieur le curé consentit pour une fois à ce que la défunte – la plus clean de ses ouailles – passe par l’église. J’établis ce jour-là un nouveau record, en distribuant leur courrier aux trente-sept clients qui assistaient comme moi à la cérémonie.

Début décembre, l’« oncle Roger » m’avait invité à partager son pâté de campagne bon marché et un brin rancunier, dans la grande cuisine sombre et mal chauffée. Il en allait ainsi chaque premier lundi du mois. La tante Denise en profitait pour me confier trois billets de cent francs à déposer sur les livrets de ses trois petits-neveux.

Elle versait un peu d’eau de la citerne dans la cuvette et, quand j’avais fini mes ablutions, elle me tendait un torchon découpé dans un bout de toile à matelas, y recueillait mes mains et les essuyait longuement, comme pour se mortifier. Roger, immobile sous sa casquette, patientait à la table ; je m'asseyais. Alors seulement il consentait à déplier son Opinel.

Le plus souvent, je faisais les frais de la conversation. Lorsqu'il était de mon avis, Roger m'approuvait en quelques mots. Sinon il se murait dans un silence prudent, fixant la porte comme si quelqu'un venait d'y frapper. On entendait le cidre babiller dans les verres. Parfois, pour une raison obscure, Roger fermait un œil, comme Noël Roquevert dans *Fanfan la Tulipe*.

Volontiers hostile au changement – en bon Normand, il ne laissait le modernisme entrer chez lui qu'après que celui-ci eut fait ses preuves ailleurs –, il était demeuré longtemps fidèle à ses chevaux, deux boulonnais dont le photographe d'Étretat avait tiré le portrait. La photo, particulièrement réussie, avait rencontré un certain succès parmi les vieux agriculteurs. Roger ne se résolut que sur le tard à s'équiper d'un tracteur Farmall rouge d'occase, aux deux roues de devant écartées. Le rapporter d'Ourville-en-Caux lui demanda une journée. En allumant sa cigarette il faillit se retourner en grimpant sur un talus. Bien après qu'il eut fait l'acquisition du capricieux engin, il lui arrivait encore d'atteler un des deux boulonnais à son vieux tombereau et de traverser le bourg au pas, à la grande joie de ceux qui le voyaient passer. Son « Avance, Hercule ! » est resté dans toutes les mémoires, ainsi que le tintamarre des roues en bois cerclées de fer du « bannet » sur le bitume ; pas moins bruyantes, selon Boris, que la Yamaha 650 d'un de ses petits-fils, à qui ses voisins reprochent ses retours tardifs et ses départs matinaux.

Roger ne s'était pas fait à l'idée qu'un homme ait pu mettre le pied sur la Lune. Pour lui, c'était encore un coup du gouvernement en vue de masquer une nouvelle augmentation des impôts. De toute façon, depuis que Danièle Gilbert avait été évincée de *Midi Première*, il ne croyait plus rien de ce qu'on lui montrait à la télé.

Ses visites chez le docteur, il les comptait sur les doigts d'une main. La vue du sang lui faisant tourner de l'œil, il reportait toujours au lendemain le bilan complet auquel le docteur Knock voulait le soumettre. Le seul examen auquel il consentait, c'était celui de mon tensiomètre passé à son poignet. L'appareil n'ayant jamais grimpé au-dessus de 14, il s'estimait en bonne santé.

Tout en le détachant du quignon avec son couteau, il portait à sa bouche le bout de pain qu'il venait de tartiner. Un matin, une mouche s'étant un peu trop approchée de la livre de beurre, il leva sa casquette et l'abattit sur l'imprudente, découvrant un crâne largement dégarni et d'un blanc laiteux, qui contrastait avec son visage dont la couleur variait, selon la saison, du rose violacé au rouge soutenu.

Se tenant un peu en retrait de la table, Denise, debout, reprenait ses fins de phrase ou communiait avec lui dans un même mutisme. Le fumet qui émanait des bottes que Roger n'avait pas pris le temps de déchausser venait se mêler à l'odeur du pâté. La Vache-qui-Rit me ramenait à mes années lycée. Roger en relevait le goût d'un peu de beurre salé.

– Amène-nous le fuel, qu'on y aille, disait-il à Denise au moment du café en lui indiquant la bouteille de rhum, qu'il préférait au calva.

Ce dernier lundi, Denise avait choisi le calendrier : des enfants et des bébés animaux. « Comme ils sont beaux ! » s'était-elle écriée, les yeux brillants. Elle s'était attardée sur les photos. Un peu trop au goût de Roger, qui avait détourné la tête avec un regard coupable. Le bon Dieu n'avait pas voulu qu'elle ait de « pétits », quand y en a qui en ont des « trâlées » sans les avoir désirées. Elle qui les aimait tant ! En fait, le problème venait de Roger, m'avait-elle confié, mais comme il se refusait à consulter… Appelés à la rescousse, saint Fiacre – il soigne aussi les hémorroïdes –, saint Biroutin, plus connu sous le nom de saint Sylvain, et saint Macou, aussi appelé saint Couillard, étaient restés sourds à sa détresse. Elle supportait l'épreuve avec le fatalisme que procure une piété naïve, reportant sa tendresse sur les trois petits-neveux que sa nièce refusait de lui confier, sous prétexte qu'elle était trop vieille.

– Si elle préfère payer la nourrice ! murmurait-elle, pleine d'amertume.

Elle souffrait du spectacle quotidien des petits « négros » affamés (l'apparition, dans les années trente, d'un Ivoirien à l'école d'Angerville-l'Orcher lui avait causé une des plus grandes frayeurs de sa vie) défilant au journal de vingt heures. Pour ne plus les voir, elle mettait *La Classe*. Deux fois par an, elle préparait à leur intention un lot de vêtements usagés et rapiécés, qu'elle déposait avec dévotion dans la boîte à habits de la Croix-Rouge située près des hallettes.

Elle lavait aussi le linge de Pierrot. Le docker la remerciait d'une bouteille de Berger duty free, qu'il subtilisait sur le port.

Elle ne revendiquait qu'une mauvaise action dans sa vie : être venue à la poste réclamer son *Pèlerin magazine*. Martine la factrice remplaçante l'avait mis chez Charlotte sa voisine… qui l'avait gardé, protestait-elle, comme si cette précision eût suffi à l'absoudre. Le fait d'avoir lancé un seau d'eau à la figure de Charlotte après que celle-ci l'eut traitée de nullipare ne constituait pas pour elle un péché.

– On est bien d'accord, m'avait-elle dit, ce jour-là, en me remettant quatre billets de cent francs et un pot de confiture de mûres.

Roger, lui, me réserverait en juin la primeur de ses artichauts et de ses pommes de terre, ou me laisserait, épinglé à la boîte, un mot du genre : « Si tu veux des oïllons ou de la rubabe, passe à la maison. »

J'avais acquiescé. C'était la coutume : en décembre, Denise comptait un neveu de plus.

Elle n'aurait pas mis longtemps à revenir dans l'ombre du mari où elle s'était toujours tenue.

La petite dame de Barbe bleue

La petite dame de Barbe bleue a connu des débuts difficiles. Un peu pareils aux miens, et pour les mêmes raisons. Rien à faire, sa mémoire la trahissait. Elle avait bien essayé d'y remédier, s'astreignant à retenir les numéros du Loto et apprenant par cœur les paroles des chansons d'Alain Souchon, dont elle possédait « l'intégrale ». En vain ; la petite dame se plantait.

Il n'était pas rare de la voir faire demi-tour après être sortie d'une cour de ferme. Devant la maison, dans la pénombre d'un jour qui peinait à se lever, sur fond de grange et de machines agricoles, se tenait le porte-cintres qu'elle avait oublié en partant, au pied duquel picoraient quelques poules attirées par les couleurs chatoyantes de la collection printemps-été.

– Où c'est qu'elle a la tête ? s'écriait la fermière en bondissant de sa cuisine, le torchon à la main.

Sans un mot, la petite dame remballait prestement sa marchandise, claquait la portière et grimpait dans la camionnette, haussant les épaules en signe d'impuissance.

– On ne saurait lui en tenir rigueur, elle est si aimable, disait madame Fouché, trahissant son lien de parenté avec la petite dame.

– Tout de même, elle exagère, s'indignait Mado, qui se sentait un peu serrée dans le tailleur que la petite dame avait réussi à lui refourguer au moment des soldes.

Les mois s'écoulaient sans que l'on notât d'amélioration. La petite dame se trompait dans les mesures, confondait les coloris, différait les livraisons, ne mettait jamais la petite croix dans la bonne case. Les clientes commencèrent à se détourner de la camionnette. Le hameau de Bramaze, où l'anorexique Germaine s'était vu remettre la pâle imitation d'un tailleur Chanel en 56, ne répondait plus à son coup de klaxon. Celui de Fèvretot était de plus en plus distant. Paulette, dans un sarrau aux dessins non désirés qui la boudinait aux entournures, jurait que l'on ne l'y prendrait plus. L'affaire menaça de virer politique. Les élections approchant, madame Fouché, épouse du premier adjoint, jugea prudent de se désolidariser de sa cousine. Muriel, ignorant ce lâche revirement, renouvela sa confiance à la petite dame en lui passant commande d'un nouveau kilt. Le jeune branleur des lotissements, qui s'y entendait pour foutre la merde dans la commune, salua cette courageuse initiative, mais n'en continua pas moins d'aller se fringuer chez Devianne. Les Mathé, instits qui venaient de lire dans *Le Nouvel Obs* un article sur la désertification de nos campagnes, faillirent joindre leurs voix à celle du contestataire. Ils se souvinrent in extremis qu'ils étaient clients « diamant » à la Camif depuis six mois et qu'à ce titre, ils bénéficiaient d'une remise de dix pour cent sur l'ensemble du catalogue automne-hiver, que je venais de glisser en force dans leur boîte.

Sans que l'on se soit adressé une seule fois la parole, une connivence s'était établie entre la petite dame et moi. Quand il m'était possible de réparer ses erreurs, je le faisais à son insu, opérant des transferts, rectifiant des adresses erronées. D'autres fois, lorsqu'elle partait en trombe toutes portes ouvertes en semant derrière elle son chargement, je klaxonnais pour l'en avertir. Et quand elle abaissait sur elle le hayon de la camionnette, le désarroi que je lisais dans ses yeux me ramenait des années en arrière.

Mai 68 nous comblait alors de ses bienfaits. La machine économique tournait à plein régime. Ma sacoche s'arrondissait chaque jour un peu plus. Tatiesque orthodoxe, je me refusais à passer mon permis administratif. Sur mon vélo, je rentrais de tournée lessivé, mais avec le sentiment d'une liberté retrouvée et la promesse d'un avenir radieux. Des prophètes estudiantins, barbus, chevelus et rouquins – ah ! la photo de Cohn-Bendit faisant la nique à Robocop – nous l'affirmaient – avec un emportement qui aurait dû nous alerter –, le peuple avait repris ses affaires en main. On les retrouverait un peu plus tard, activistes mondains à la liquette échancrée et aux petits poings crispés, élevant de véhémentes protestations contre des despotes césariens que leur ancienne idéologie aurait parfois contribué à mettre en place, un œil sur l'écran de contrôle, l'autre sur le cours de l'okoumé. Parfois même, animateurs de télévision, une pipe de vieux sage au coin du bec. Quand ce ne serait pas ministres. Les gogos qui avaient cru en eux ne connaîtraient pas une ascension aussi fulgurante, n'obtenant le grade de facteur-chef qu'au terme d'une longue et exemplaire carrière.

Le facteur titulaire, un nerveux âpre au gain, m'avait confié son vélo et ses cinq cents clients pour tout le mois de novembre. Il s'y était vu contraint par sa fiancée, une serveuse aussi pingre que lui, à qui le patron, jugeant la période creuse, avait donné congé. Il me laissait aux prises avec un peu plus de cent cinquante lettres recommandées pour factures impayées de flotte et d'électricité, équitablement réparties entre cinq tours de cinq étages, toutes sans ascenseur. S'y ajoutaient, juste compensation, quelque trois cents mandats de pensions et d'allocations. Au grand désespoir du facteur titulaire, qui se voyait ainsi privé des pourboires destinés au remboursement des traites de sa R8 Gordini, un petit monstre bleu rayé de blanc à la tenue de route approximative, comme son chauffeur put en juger, un soir qu'il revenait de Fécamp un peu trop précipitamment.

Impétrant facteur empêtré dans ses listes, ses noms de rues, ses numéros de portes et ses homonymies, je ne quittais jamais le bureau de poste avant onze heures, sous un crachin tenace. C'était, le coin de la rue passé, pour tomber nez à nez avec l'inamovible retraité qui guettait mon arrivée et s'étonnait du retard pris par son *Hérisson*. Le temps de procéder à une vérification, et j'avais sur le dos cinq ou six mères impécunieuses, accourues à ma rencontre, un gosse pendu à chaque bras. Les membres d'une même famille habitant le même immeuble, et s'y reproduisant avec la même régularité, d'où des allocations sensiblement égales, je vérifiais minutieusement les prénoms, exacerbant les impatiences. Ces dames se montraient moins empressées quand il s'agissait de signer sur mon carnet de recommandés. Fâchées que l'on puisse douter de leur honnêteté, elles rechignaient à s'exécuter, collaient une tarte au marmot le plus turbulent. Il y avait sûrement erreur. La lettre était, selon elles, destinée à leur beau-frère qui habitait au F5, suggérant par là que leur sœur était plus panier percé qu'elles. D'autres s'indignaient, la lettre de rappel à la main, de ne « toujours pas toucher les allocations » alors que les Bellet, leurs voisins, qui avaient un gosse de moins qu'eux, les avaient perçues depuis au moins trois jours. La veille au soir, la Valstar avait coulé à flots dans la cage d'escalier. Le ton était monté, les portes avaient claqué. Pour finir, les Bellet s'étaient foutus sur la gueule. On avait dû les séparer.

La scène se reproduisait une bonne dizaine de fois avant même que je n'atteigne le premier immeuble. À ce régime, on comprendra que, rendu au quatrième palier de la cinquième porte du HLM qui en comptait huit, je ressente une certaine lassitude et qu'en plus du petit billet, j'accepte l'apéro que l'on m'offrait.

On rangeait la facture EDF dans le tiroir du buffet. Elle y resterait en attente du second rappel. La maman extrayait quelques grosses coupures de la liasse fraîchement reçue au titre des allocs et envoyait la plus jeune de ses filles, les garçons s'y refusant, faire le plein et effacer l'ardoise chez l'épicier du coin. Sous l'effet de l'alcool, le stress dû aux quatre heures de tri intensif se dissipait peu à peu. La fatigue me tombait d'un coup sur les épaules. Je repassais la porte de l'appartement, euphorique et quasi certain de la victoire du prolétariat. La cliente me rattrapait dans l'escalier.

– Ta sacoche !

Je ne prenais pas le temps d'en vérifier le contenu. On piquait chez le boulanger, chez l'épicier, mais pas dans la musette du facteur. Les frères Tlemçani n'étaient pas encore entrés en concurrence avec Ducros. Leur activité mercantile se résumait à quelques menus larcins dans les vestiaires de l'équipe de basket dont s'enorgueillissait la petite cité et, tout de même un peu précurseurs, au racket des demi-pensionnaires du lycée qui ne touchaient pas leurs billes.

La cliente eût été moins inspirée de rapporter ma sacoche à un receveur que Mai 68 n'aurait pas enclin à l'indulgence. Ils furent peu nombreux à l'époque. De même qu'ils ne furent qu'une poignée, vingt ans plus tard, à ne pas être atteints par la fièvre libérale qui toucha la Poste. Le mien, irréductible Breton tombé dans le chaudron magique de l'administration dès l'âge de quatorze ans, s'en tenait à la stricte application du règlement. Fier que la Poste, une grande famille, le compte parmi les siens, il se voulait un enfant modèle. Pour l'instant la marâtre lui préférait ses gosses turbulents, mais cela ne durerait pas.

J'avais à mon actif une liasse de courrier qu'un coup de genou malencontreux avait précipitée dans la rivière et que le minotier avait récupérée entre les pales de son moulin. Pendant un mois, j'avais négligé de relever la boîte aux lettres située au pied de l'arrêt de bus, ce qui avait valu, le cachet de la Poste faisant foi, un redressement de dix pour cent sur leur dernier tiers à une dizaine de clients. Naïf, j'avais confié la pension d'un octogénaire à sa fille, qui s'était empressée d'aller tout dépenser à Auchan. Les inspecteurs avaient fait une descente. On avait comparé les signatures, confondu la coupable. Le retraité, un ancien métallo cégétiste, avait retiré sa plainte. Dépités, les inspecteurs étaient remontés à la direction. Mais j'étais marqué à l'encre rouge, une récidive me serait fatale. Je ne comptais plus mes clés de boîtes aux lettres égarées, mes Bic oubliés au coin des tables, mes erreurs de distribution, mes changements d'adresse qui ne prenaient pas la bonne direction.

Ma tenue, inspirée de Woodstock, tenait plus du treillis que de l'uniforme. Au képi du facteur de *Jour de fête*, je préférais le béret du Che. Ma barbe était hirsute, mes cheveux bouclés – une permanente – me tombaient sur les épaules. Je professais auprès de mes camarades des idées subversives et autogestionnaires auxquelles, selon l'irréductible Breton, il convenait de mettre un terme. Idéfix, c'est ainsi qu'on le surnommait, s'y employa deux années durant avec un succès mitigé, vu l'ampleur de la tâche. Une menace de grève pour harcèlement lancée par les syndicats, immédiatement suivie d'une mutation qu'il appelait de tous ses vœux depuis plus de vingt ans à Saint-Pol-de-Léon d'où il était originaire, laissa son travail inachevé et mit fin à mes insomnies. Son successeur lisait *Le Canard enchaîné*. Il couvrit mes frasques, affina mon sens critique et m'ouvrit à la tolérance.

– Dans le privé, tu tenais pas six mois, m'affirma Pierrot le docker quand je lui narrai mes exploits.

– Tu rigoles, le coupa Popaul le cheminot. Dans l'administration, pour se faire virer, il faut avoir tué père et mère. Et encore ! En te démerdant bien, si t'arrives à te taper ton avocate, comme c'est souvent le cas, tu peux finir vaguemestre à Fleury-Mérogis.

La petite dame n'avait pas cette chance. Elle ne connaissait pas la sécurité de l'emploi. Son chiffre d'affaires étant en chute libre, elle fut mandée au palais de Barbe bleue. Un DRH à la peau moite la fit entrer dans son bureau situé en haut d'une tour de verre. La petite dame, qui n'avait jamais dépassé les limites des quatre cantons qu'elle est chargée de desservir, en fut durablement impressionnée. Difficultés conjoncturelles, passage à l'euro, émergence du Sud-Est asiatique, restructuration nécessaire face à la concurrence internationale, la petite dame était loin de se douter que ses étourderies puissent mettre en péril l'économie mondiale. Elle versa des larmes qui n'émurent pas le jeune cadre.

– Sinon, je serais pas là, je serais à Kourou, alléguat-elle pour se défendre.

Elle aimait bien ce nom qu'elle faisait rouler comme un cri d'oiseau et qui symbolisait pour elle un endroit où la mémoire ne faillit pas.

Le DRH se montra d'autant plus insensible à cet argument qu'il avait sous les yeux un graphique lui rappelant un tir loupé de la fusée Ariane. Inflexible, et avec un sens de la formule très professionnel, il suggéra à la petite dame de « se booster un peu car le compte à rebours était commencé ».

Le récit que la petite dame se plut à faire de cet entretien lui attira la sympathie de celles que les puissants tourmentent. Son chiffre d'affaires opéra un léger redressement et elle reprit espoir. Elle en profita pour se défaire de trois vestes trop amples et de quelques robes qui avaient séjourné un peu trop longtemps au soleil.

L'embellie fut de courte durée. Ses apparitions dans le village se firent de plus en plus rares et infructueuses. À ce train-là, elle nous aurait quittés avant Noël.

*

Julia ne prête pas attention à mon coup de klaxon. À peine si elle tressaille quand la roue de la C15 vient se poser sur le piquet fixé au bout de sa chaîne. Debout contre le talus, elle est aux prises avec une branche de noisetier tendue en arc de cercle. Je lui flatte l'encolure en tirant doucement sur son collier. La biquette renâcle. Je lui bêle à l'oreille quelques vagues promesses hircines. Cela suffit à distraire son attention. Elle tourne vers moi ses yeux vairons. La branche en profite pour lui filer sous le nez en lui fouettant le bout des cornes. Désappointée, elle voudrait à présent s'enfoncer dans les fourrés. Je l'en dissuade en donnant un coup sec sur la chaîne. La biquette se résout enfin à grimper dans la camionnette. Une fois à l'intérieur, elle se dirige vers l'avant en vieille habituée. Je me mets au volant. Pour ne rien perdre du spectacle, Julia vient poser son petit museau sur mon épaule. De joie, elle lâche trois petites Pulmoll sur le colis d'un parfumeur.

Edmond, qui sait où s'achèvent les fugues de sa biquette, aura emprunté le raccourci, un raidillon en sous-bois vers où convergent toutes les eaux de pluie de la cour de ferme, et qui demande à être abordé avec prudence et un minimum d'équipement. Quand j'atteins l'embranchement où finit le sentier escarpé, j'y trouve le fermier en train de se frotter l'avant-bras, une expression douloureuse sur le visage. Une longue traînée terreuse s'étend sur tout son côté gauche, depuis le coude de sa chemise à carreaux jusqu'au bas de sa salopette. La paume de sa main est ensanglantée. Il est pieds nus sur la route, les chevilles cerclées d'un liseré crasseux. Il a abandonné ses deux chaussons en chemin. À un mètre d'intervalle l'un de l'autre, ils sont restés pris dans le marécage de boue gluante qui marque l'entrée du sous-bois en cette saison. Je fais passer ma caisse de courrier à l'arrière. Sans un regard pour sa biquette, Edmond s'assied sur le support de la caisse, le profil bas, comme s'il avait renoncé à tout esprit de vengeance.

– Tu manges ! me dit-il sur un ton impératif. Puis, comme je manifeste un semblant de réticence, il ajoute : C'est prêt, tu perdras pas d'temps. Enfin, d'une voix qui ne souffre pas de refus : Tu nous montreras tes calendriers.

J'aborde la montée qui conduit à la ferme, une route semée d'ornières dont le bitume s'est décollé par endroits sous l'effet des averses. L'automne voit y déferler des trombes d'eau qui mettent parfois la Citroën en difficulté. Un jour de novembre, un remplaçant qui venait d'y noyer son moteur a cru y revivre la tragédie de Vaison-la-Romaine. Cela lui a valu, la presse s'étant faite l'écho de l'événement, une semaine de congé exceptionnelle, assortie d'un avertissement pour avoir sous-estimé l'ampleur de la crue et fait ainsi courir un risque au véhicule que l'administration lui avait confié. Avec le temps, l'herbe a repris possession du milieu de la route, monsieur le maire réservant les subventions départementales à un autre usage qu'au goudronnage d'une voie communale ne desservant qu'un seul habitant.

Edmond commence à éplucher le courrier que je lui avais mis de côté dans le vide-poche. Il en ponctue la lecture par des hochements de tête incrédules. Le montant des factures que les vétérinaires lui réclament le laisse dubitatif.

Tout en zigzaguant entre les nids-de-poule, je le considère du coin de l'œil. Il sera beaucoup pardonné au fermier. Ses deux filles, qu'il chérissait, ont fui la maison. On les aurait aperçues au Havre, écumant les crêperies de Saint-François avec des mal peignés jouant de la guitare. Au milieu de la nuit, Edmond ne s'étonne plus de l'absence de Gisèle à ses côtés. Il la sait en bas, en train de feuilleter des albums de photos, les yeux baignés de larmes. Il se tient silencieux dans l'obscurité. Il a renoncé à la consoler depuis longtemps. Bien qu'il lui reste fidèle moralement, il réserve à d'autres les débordements de sa nature expansive.

Le tournant qui précède l'entrée de sa ferme ne compte pas parmi les points noirs de ma tournée. L'unique klaxon qu'on y entend est celui de René le boulanger annonçant son arrivée. Les poules sont bien les seules à s'en émouvoir.

Un jour de juillet, j'y ai pourtant fait la rencontre inopinée d'un partisan de la conduite à gauche, un Hollandais roulant qui s'était fourvoyé dans le cul-de-sac, croyant y découvrir l'endroit où avait vécu une des maîtresses de Guy de Maupassant. « T'aurais pas eu l'air con de remplir le constat en néerlandais », m'a dit Pierrot le docker.

À droite, en retrait du virage de quelques mètres, de vieilles tôles clouées sur des traverses de chemin de fer enfoncées dans le sol forment un goulot qui sert à canaliser le bétail. La petite dame de Barbe bleue y a engagé sa camionnette. Le dos contre la calandre, le talon en appui sur le pare-chocs, elle est occupée à partager son sandwich avec quelques vaches venues en curieuses. Surprise, elle sursaute à notre approche, puis tourne vers nous un regard empreint de tristesse. Les vaches la considèrent d'un œil solidaire. Edmond a mis pieds nus à terre. Insensible, Julia s'est allongée sur la caisse de courrier après s'être assurée de la comestibilité de la roue de secours.

Au bord de la dépression, la petite dame nous fait part de ses misères, associant dans un même ressentiment Barbe bleue qui l'exploite et sa mémoire qui a des ratés. N'écoutant que son cœur de père, Edmond lui prête le creux de son épaule. La petite dame s'y abandonne sans retenue. Edmond, qui se méprend sur la personne, la presse sur son cœur en l'appelant « mon enfant ». Il lui prodigue des paroles apaisantes en lui caressant les cheveux, tandis qu'elle laisse libre cours à ses sanglots. Le soleil qui perce entre les fougères que l'automne jaunit apporte sa touche bucolique au tableau. Dix ans plus tard, j'en garde le souvenir ému.

Julia regarde d'un air intrigué la petite dame prendre place à ses côtés. L'intruse adoptée, elle s'applique à lui lécher le bout des doigts. La petite dame lui sourit à travers ses larmes. Dans mon rétro, je ne perds rien de la scène. Edmond songe à ses filles, le visage fermé.

Gisèle nous accueille sur le pas de la porte, le front lifté par les bigoudis. Vu le temps qui s'est écoulé depuis son départ, elle a deviné qu'Edmond lui ramènerait des invités. Prévoyante, elle a sorti une terrine de pâté maison et mis à chauffer un des bocaux de haricots du jardin qu'elle tient en réserve sur deux étagères du cellier. Elle rajoute deux couverts et Edmond se place au-dessus de l'évier pour ouvrir la bouteille de cidre.

– Alors ma p'tite dame, qui c'est qui y a qui va pas ? dit-il en maintenant le pouce appuyé sur le bouchon de la champenoise.

Gisèle lui lance une paire de chaussons qu'il enfile en s'efforçant de faire partir le cidre dans la carafe qu'il a posée au-dessous.

Il invite la petite dame à se mettre à l'aise. Les yeux rougis, elle se défait de sa blouse blanche marquée du sigle Barbe bleue, chrysalide qui tient ses promesses, et laisse Edmond sans voix. Il ne lui parlera plus qu'en baissant les yeux.

Pendant qu'il s'entretient avec elle – « Surtout pas un mot sur les filles », nous a-t-il recommandé –, il laisse à Gisèle le soin de choisir le calendrier. Je la sens pensive.

– Non, non, les sors pas, me dit-elle, alors que je fais le geste d'ouvrir mon sac.

La tête dans la musette, elle passe en revue la pile d'almanachs, avant d'arrêter son choix sur un bouquet de fleurs. Elle a obtenu le troisième prix départemental des fermes fleuries. La coupe, qui lui fut remise par le conseiller général en personne, flanqué de monsieur

Fouché premier adjoint, occupe une place d'honneur au centre du buffet Henri II.

– Ça t'va ? demande-t-elle à Edmond en lui présentant le calendrier.

– Oui, oui, lui répond-il évasivement afin de ne pas réveiller les vieux démons du souvenir.

Le choix du calendrier était réservé aux filles. Il donnait lieu à de belles empoignades.

– Pour les étrennes, on se reverra, me dit Gisèle en glissant l'almanach sous le poste de télé.

Ses bigoudis lui tirent les sourcils vers le haut et lui font un profil de geisha. Le maquillage qu'elle s'est composé en vue d'une visite – une couche luisante de crème hydratante qu'atténue une pincée de poudre de riz – accentue cette ressemblance.

Les deux verres de cidre que la petite dame vient d'avaler coup sur coup lui ont délié la langue et ouvert l'appétit. Elle a repris du pâté maison et retrouvé le goût des haricots de son enfance, à la grande joie de Gisèle qui aime que l'on fasse honneur à ses préparations. « Parigot, tu ne sais pas le goût du haricot », a coutume de dire Edmond, poète.

– Il est bon mais il est fort, déclare la petite dame en levant son verre pour la troisième fois.

Cet intérêt porté à son cidre ne fait qu'accroître la sympathie d'Edmond. Il se rengorge et lui désigne la coupe bien briquée qu'il a remportée de haute lutte au concours cidricole de Bretteville, et qui trône près de celle de Gisèle. Faussement admirative, la petite dame s'essuie le coin des lèvres avec le mouchoir qui lui avait servi à endiguer ses pleurs. Oubliés les mauvais souvenirs. Elle ne les évoque plus qu'en riant et en émaillant son récit d'anecdotes amusantes. Encouragée par le sourcier qui, tout en la détaillant par en dessous, lui prédit une carrière rondement menée, elle reprend confiance. Pour nous prouver que la connexion s'opère bien entre ses neurones, elle nous récite d'une seule traite *Y a d'la rumba dans l'air*, sous l'œil perplexe d'Edmond. Et puis tiens, si ça ne marche pas, elle envisage une reconversion. Dans la restauration rapide, pourquoi pas ? Elle se voit déjà sur un petit scooter aux couleurs de l'Italie, livrant ses pizzas dans les coins les plus reculés du canton sous un ciel azzuro, portée par une musique mandolinesque. Son beau-frère, qui a commencé ainsi, règne aujourd'hui sur une flottille de cinq vespas.

– Et où c'est qu'il habite, vot' biau-freï ? lui demande Edmond, sceptique.

– À Nice, lui répond-elle, sans se douter de la portée de sa réponse.

– Y fait beau là-bas, meilleu qu'cheu nous, suggère Edmond, qui ne veut pas briser son bel enthousiasme.

– C'est vrai, concède-t-elle soudain, gagnée par le doute. Eh bien, eh bien… si ça ne marche pas dans le coin, je lancerai le concept à Kourou, tiens.

– Le concept à Kourou ? s'étonne Edmond, les yeux écarquillés, comme s'il craignait pour la santé mentale de son interlocutrice.

– Oui, à Kourou ! roucoule celle-ci, résolument tournée vers l'avenir.

Je me permets d'intervenir.

– Et vous n'avez pas peur qu'avec les noms qu'ils ont là-bas… les serpents… les marigots… (Puis, en baissant le ton :) Et les trous de mémoire.

La petite dame n'a retenu que la fin de ma phrase et, comme elle n'est pas prête à s'en laisser remontrer :

– Et vous, vous ne vous trompez jamais dans votre courrier ? me lance-t-elle avec acrimonie, tout en donnant une tape sur la main d'Edmond qui agaçait de son index l'extrémité de son bracelet-montre.

– Moi ? J'ai ça !

Et je sors de la poche de mon veston le petit carnet qui ne me quitte jamais.

La petite dame semble frappée de stupeur.

– Et puis ça ! Cadeau ! fais-je encore, en lui glissant un calendrier entre le verre et l'assiette, et en lui montrant les petits espaces bien pratiques qui figurent devant chaque jour de l'année.

La petite dame n'en croit pas ses yeux. Elle garde en l'air la fourchette où sont piqués trois haricots du jardin, avant de la porter à sa bouche avec une moue incrédule.

– Et sans être indiscrète, se risque-t-elle en déglutissant avec difficulté, on peut savoir ce que vous y écrivez dans votre carnet ?

– C'est privé… mais pour vous…

Et je lui livre les secrets que recèle mon calepin, en lui fournissant une explication quand cela s'avère nécessaire.

Y sont consignés : les numéros du Loto que je joue avec Margot et qui sont supposés nous sortir de la mouise ; la liste de courses à faire au pas de course à Inter (incluant : un pack de quatre bouteilles de vieux-papes, bien caché sous une épaisseur de sacs de jute de la Poste, dans la caisse en plastique située à l'arrière de la camionnette où mademoiselle la receveuse répugne de plus en plus à venir fourrer son nez à cause de l'odeur prononcée de fumier, eau croupie, crottes de bique et vieux cigare qui s'en dégage ; une bouteille de porto, pour Mathilde, que j'ai laissé tomber en passant à la caisse et que j'ai dû racheter ; une plaquette de deux cent cinquante grammes de beurre pour Marcelle ; deux sacs de cinq kilos de MAP, l'enduit pour bandes à Placo te trompe pas, à rapporter si possible avant onze heures, Pedro (le monsieur travail au black de la commune) va en manquer ; une baguette pour Nestor à prendre chez René – et pas à Inter, c'est du congelé ; le retrait des résultats d'analyses à la pharmacie pour Antoine ; l'achat d'un carnet de timbres pour Monique, la Madame de Sévigné du village ; le montant de l'affranchissement de la grande enveloppe à destination de l'Australie, où le fils d'Arthur s'efforce actuellement de persuader les Aborigènes des bienfaits du slip kangourou ; le numéro de chambre des charcutés de fraîche date à qui j'ai l'intention de rendre une petite visite – il m'est arrivé, ayant un peu tardé, de trouver chambre vide ; la dimension des persiennes que Riton veut brader depuis qu'il a fait poser des volets coulissants électriques ; les caractéristiques de la R18 pour pièces qui finit de rouiller sous la charreterie de Gérald, et sur les fauteuils de laquelle une pondeuse a élu domicile ; la recette de la gelée de sureau, remède infaillible contre le mal de gorge dont je souffre actuellement…

Y figurent également, soulignés d'un trait compulsif, les invitations à déjeuner, ainsi que les jours d'anniversaire de quelques privilégiés, avec une préférence marquée pour ceux qui, comme moi, naquirent un 4 décembre, et qui sont au nombre de trois.

S'intercale parfois une expression en patois que je cueille avant qu'elle ne s'envole et qui fera peut-être les délices d'un philologue du XXIIIe siècle.

On y trouve aussi, en juillet-août, l'adresse épisodique des vacanciers, parfois suivie d'un numéro de portable, « au cas où tu noterais quelque chose de suspect », « j'attends un paquet de chez Daxon, tu le gardes ou tu le déposes chez la petite mère Décultot, elle est au courant », « préviens Martine, la remplaçante »…

Dans ce carnet, il n'est jamais question des bouteilles de gaz, pourtant consommées en grand nombre, surtout en période de conserves et de confitures, et que certains s'ingénient à nous faire convoyer, surtout quand le temps nous est compté.

Les cinq premières minutes, coincée entre la roue de secours et la tôle qui la sépare de l'avant de la camionnette, la bouteille, vide, semble vouloir rester stable. Le premier virage pris un peu trop vivement vient corriger cette impression. Agitée de soubresauts convulsifs, la bouteille commence par passer ses nerfs sur la roue de secours, dont la capacité à résister aux coups de boutoir varie selon qu'elle est plus ou moins bien gonflée. Au troisième coup de frein, après s'être jouée du dernier obstacle que constituait un colis de produits de beauté, la bouteille, qui a définitivement retrouvé son autonomie, se livre à des allées et venues incessantes et aléatoires, émaillant au passage la peinture jaune postal de paillettes bleues, vertes ou rouges (selon la marque du gaz), dans un tintamarre que ma belle-mère serait bien la seule à pouvoir supporter plus d'un quart d'heure, son sonotone aux piles défaillantes ne fonctionnant que par intermittence. L'utilisation modérée du walkman ne m'ayant qu'incomplètement bousillé le marteau, l'enclume et l'étrier, je prends sans attendre la direction du supermarché, parfois distant de plusieurs kilomètres. Au retour, la bouteille, pleine, se contient, tandis que je mets les gaz. Prudent, je m'interdis d'allumer le petit cigare hollandais que Fernand m'a offert et qui dégage en se consumant une odeur de lendemain de gueuleton.

Ces carnets, à spirale ou non, de format classique, faciles à mettre en poche, de diverses provenances et à la couverture scotchée ou disparue, s'ouvrent tous sur une première page couverte de signes énigmatiques et de noms qui me sont devenus étrangers. Parfois imprégnés sur toute leur épaisseur d'une couleur brunâtre dont l'étendue va en diminuant avec les jours et qui est due à une tasse de café renversée, agrémentés de-ci de-là d'une touche de jaune d'œuf, d'une tache graisseuse de doigt bricoleur, ou d'une auréole de la couleur violette qui caractérise la robe du vieux-papes, ces calepins ont constitué, au fil des années, une mini-bibliothèque dont je me réserve la lecture et la traduction pour plus tard.

Celui de cette année m'a été offert par Hubert. Il s'intitule : *L'Agenda du betteravier moderne*. Ses pages de garde nous informent des maladies foliaires de la betterave et des traitements pour y remédier. Ce chapitre est titré : « Taper tôt et fort », suivi du sous-titre : « Vous y avez pensé, nous l'avons formulé ». Pour nous persuader du bien-fondé de cette affirmation, la firme a cru bon d'ajouter ce commentaire engageant : « On peut difficilement faire plus simple, plus efficace, plus commode », le tout en caractères gras. Si après ça, l'agriculteur du pays de Caux n'adhère pas !

En fin d'année, quatre à six pages de ces carnets sont réservées aux calendriers. Partagées en deux par une ligne médiane approximative, elles sont couvertes de noms de clients en face desquels figure le montant des étrennes qu'ils me donnent ; un blanc s'y glisse parfois. C'est le cas pour Edmond, qui fait profil bas. Depuis que ses filles se sont tirées, il s'obstine à ne rien mettre dans la petite case qui se trouve en face de son nom. Je lui pardonne cette omission, eu égard à son chagrin et aux quelques cinquante à cent repas auxquels il me convie chaque année.

La petite dame, estomaquée par mes confidences, oublie qu'Edmond lui tripote la main.

– Merde ! s'écrie-t-elle soudain. J'ai laissé les clés sur la camionnette.

– J'viens avec vous, déclare Edmond, prétextant la disparition de Julia qui vient de s'enfuir de nouveau.

– Vous oubliez votre calendrier, dis-je à la petite dame.

L'idée du carnet a fait son chemin. Pas un arrêt où l'on ne voit désormais la petite dame sortir son calepin et en noircir les pages d'annotations. Pas une cour de ferme où l'on ne la surprend, comblant les colonnes de son calendrier. Elle ne commet plus d'erreurs. Mise en confiance, la clientèle revient peu à peu. La petite dame prend commande, propose des retouches, sans pour autant quitter des yeux son vade-mecum, qui n'a pas tardé à faire l'objet de plaisanteries.

– Ma parole, elle écrit un roman, s'entend-elle le plus souvent dire.

– Penses-tu, c'est pour pas oublier l'heure de son rendez-vous avec son amoureux, affirme-t-on en guettant son acquiescement.

Penchée sur ses écritures, la petite dame garde le silence. On en conclut un peu hâtivement qu'elle a un amant.

– On est comme ça dans la famille, il faut nous laisser le temps, laisse négligemment tomber madame Fouché, avec un rien d'afféterie due à son rang élevé dans la hiérarchie municipale, et une pointe d'accent due à ses origines cauchoises.

Parfois, la curiosité est la plus forte, une cliente se hisse sur la pointe des pieds et s'essaie à lire par-dessus l'épaule de la petite dame. Il faut alors la voir se récrier, plaquer le petit carnet ouvert contre sa poitrine en parlant d'atteinte à la vie privée. Surprise par l'ampleur de la protestation, la cliente préfère battre en retraite.

Mais un jour qu'elle refermait un peu vivement le hayon de son camion, le carnet a glissé de la poche de la petite dame, tombant au pied de la mère Doutreleau, qui a posé sa tong dessus et s'est empressée d'en tourner les pages dès que la camionnette se fut éloignée.

Leur contenu réservait bien des surprises.

La mère Doutreleau s'y voyait rangée dans la catégorie « grosse bonne femme aux dents pourries », portrait en raccourci dans lequel elle a refusé de se reconnaître. Elle était ronde, un peu ronde elle en convenait, mais pas grosse. Sa voisine n'y était pas mieux traitée puisqu'elle y apparaissait sous les traits d'une « petite vieille qui pue », alors qu'elle venait à peine de passer la cinquantaine, et que l'eau de Cologne dont elle s'aspergeait si généreusement était de la Mont-Saint-Michel qui venait de chez le pharmacien. Madame Fernande n'était rien moins qu'une « grande pimbêche près de ses sous », madame Doutreleau a acquiescé, et Mado une « rabougrie ne parlant pas le français et qui s'attife comme l'as de pique », dénomination qui n'avait pas dû demander un gros effort d'imagination à son auteur. Mais, ce qui a mis le plus en joie la mère Doutreleau, ce fut le résumé que la croqueuse faisait de Muriel. Sa rivale s'y voyait décerner le titre de « reine des salopes, avec des yeux à faire péter les boutons de braguette », opinion partagée par une bonne partie des habitants du village.

La mère Doutreleau, qui n'est pas une méchante personne, n'a pas fait un mauvais usage du petit carnet. Elle sait les difficultés que rencontrent dans la recherche d'un emploi ceux qui n'ont pas une bonne mémoire. Ses deux rejetons qui glandent du matin au soir devant la télé en se grattant l'entrejambe le lui rappellent quotidiennement. Leur seul boulot consiste à donner un coup de main à Lara Croft.

Alors, la mère Doutreleau a guetté le passage de la petite dame et, quand elle a aperçu au loin le camion bleu, elle s'est campée au milieu de la chaussée, bien décidée à n'en pas bouger avant d'avoir dit son fait à l'étourdie.

– Vous avez d'la chance que je suis pas méchante, a-t-elle lancé à la petite dame en lui rendant son carnet. Mais ne refoutez plus jamais les pieds chez moi.

La petite dame, à qui la perte de son calepin avait causé quelques soucis, est devenue rouge de confusion.

– Tenez, a-t-elle dit à la mère Doutreleau en lui tendant la pile de mouchoirs qui lui tombait sous la main… Pour vos gars.

Ce cadeau improvisé, en remémorant à la mère Doutreleau la rhinite chronique dont souffrent ses grands dadais depuis qu'ils sont enfants, n'a pas contribué à détendre l'atmosphère.

– De mieux en mieux, a-t-elle soupiré en tournant les talons.

Parvenue à sa barrière, elle s'est retournée vers la petite dame qui n'avait pas quitté des yeux son imposant fessier, et elle lui a décoché un large sourire. De loin, ses dents faisaient penser aux touches d'un piano dans le désordre. Elle avait pris soin d'enfiler un tee-shirt blanc à pois rouges offert par les supermarchés Champion au moment du tour de France. Dépassant de sous sa minijupe, ses genoux dodus annonçaient deux cuisses ravagées par la cellulite. La petite dame n'a su que baisser les yeux, rendant grâce au ciel que la scène se déroule sans témoins. La mère Doutreleau y avait veillé.

C'est elle-même qui me l'a appris quand je suis passé pour le calendrier, se plaisant à me décrire le désarroi de la petite dame, tandis que je buvais le Nescoré brûlant qu'elle venait de me verser dans une tasse blanche à pois rouges.

*

Deux fois par an, la petite dame procède à une présentation de ses nouveaux modèles. La halle au blé se voit, en la circonstance, équipée de projecteurs et de stroboscopes dessinant des arabesques sur les murs. Une musique d'ascenseur, déversée par deux enceintes posées sur des chaises, permet aux clientes de faire leur choix sans éprouver de stress. Parmi les badauds qui se pressent autour des étalages, on note la présence insolite de Pierrot. Fort de son statut d'ancien coursier-portier du Palais du vêtement à Fécamp, le docker s'autorise des remarques d'ordre esthétique qui ne sont pas du goût de toutes. La petite dame est parfois contrainte de faire appel à André, le garde champêtre, pour que l'endroit retrouve sa sérénité. Cette exposition très prisée, où l'on voit madame Fouché s'improviser mannequin vedette, est précédée par l'envoi de quelques centaines de lettres ciblées et une campagne d'affichage intensive. Monsieur le maire, à qui l'événement permet de faire une brève apparition, tolère la pollution qu'engendre cette propagande, à condition qu'elle se produise selon certaines règles.

Primo, les affichettes, préalablement encollées sur un carton rigide, doivent être fixées aux poteaux du téléphone, et seulement à ceux-là, au moyen de deux ficelles, dont le conseil municipal aura déterminé la longueur, nouées en rosette. Monsieur le garde champêtre veillera au bon respect de cette mesure – tâche dont il s'acquitte, le double décimètre à la main, avec une conscience professionnelle exemplaire.

Secundo, il est demandé de façon impérative que ces enseignes publicitaires, dont les couleurs criardes agressent le regard, soient décrochées une semaine au plus tard après le jour de la manifestation, sous peine de non-reconduction de l'autorisation.

Un vrai casse-tête pour la petite dame.

À certains endroits stratégiques, on peut voir pendant plusieurs semaines le carton oublié se détremper, se recroqueviller sur lui-même, tire-bouchonner autour de ses ficelles, personne – excepté moi – ne s'arrogeant le droit de tirer sur les petites rosettes. L'affichette, sous les assauts conjugués de la pluie et du vent, s'est depuis longtemps désolidarisée de son support et gît en boule dans une flaque d'eau, au pied du poteau.

Madame Fernande

Sur madame Fernande, le kilt fait très école libre, surtout quand elle l'assortit d'un pull bleu marine à col en V sur une chemise d'un blanc immaculé, sans oublier le duffle-coat beige. Son côté britiche est accentué par ses mocassins noir et blanc surmontés d'une petite languette frangée, et par sa dentition plantée légèrement en avant.

– Prout ! Prout ! fait Popaul le cheminot dans son dos.

La présidente des parents d'élèves, tendance PEEP, a participé à la manif pour la liberté de l'enseignement. Elle s'y est distinguée en trimballant un calicot pendant trois bornes et en distribuant des cafés et des jus d'orange, ainsi que des croissants gras et mous achetés par paquets de vingt-quatre à Auchan. Il n'est rien resté des cinq thermos qu'elle avait remplis aux aurores.

Ce jour-là, sans pour autant renoncer à sa jupe écossaise, madame Fernande avait délaissé pour un temps son habituel manteau anglais au profit d'un K-Way bleu foncé plus pratique, au dos duquel elle avait autocollé la raison de son mécontentement : *Le choix de l'école, une liberté*, illustrée par un gros crayon de couleur dessinant un arc-en-ciel.

En annonçant un ciel couvert entrecoupé d'averses, la météo avait cru décourager les protestataires. Il n'en fut rien. La foule était au rendez-vous, et le soleil a brillé tout au long de l'imposant cortège parisien.

Ma belle-mère, que ses deux rotules en rodage privaient de défilé, soutint cette légitime revendication et contribua à sa réussite en allant brûler deux cierges à l'église. Elle passa une bonne partie de sa matinée agenouillée sur le prie-Dieu rembourré, acheté deux cents francs chez Emmaüs, au-dessous d'un calendrier représentant le pape à quatre pattes à Cracovie. Une longue pratique de la prière lui permit de boucler ses deux tours de chapelet avant l'heure du *Juste Prix*.

Pour l'en remercier, madame Fernande lui rapporta une tour Eiffel en plastique doré, que ma belle-mère posa sur sa table de chevet, près de la photo de sa fille en mariée – elle ne s'est pas encore faite à l'idée que sa préférée ait pu divorcer pour suivre un facteur âgé de douze ans de plus qu'elle, moche de surcroît.

Dans l'autocar affrété pour l'occasion par monsieur le curé, madame Fernande s'est signalée par la ferveur mystique avec laquelle elle a entonné les cantiques que son mari, un grand sec au profil de rapace toujours en déplacement, avait tirés en cinquante exemplaires sur la bécane de sa boîte. Les pèlerins – surtout au retour, on en avait plein les pattes –, relancés par la belle voix de Boris, ont pu clamer leur foi. De l'avis général, la journée fut excellente. Des années plus tard, certains en gardent encore le souvenir photographique jauni, coincé entre la vitre et le rideau de leur buffet.

Cette même année, madame Fernande a remporté le premier prix du concours organisé par monsieur le curé : un pèlerinage à Lourdes entièrement payé par la vente d'images pieuses aux paroissiens et le produit de la quête improvisée dans l'autocar. Monsieur le curé a juré ses grands dieux qu'il n'y avait pas eu triche. Madame Fernande a fait le voyage en compagnie des cadets normands, dans son collant blanc et sous son calot d'infirmière de la belle époque. Dans la cité mariale, elle voitura des paralytiques, soutint des grabataires, empila des déambulateurs. Elle s'approcha de la grotte en état de transe, crut voir la bonne Bernadette lui sourire, plongea le bout de ses doigts dans le bouillon de culture. Mais le miracle n'eut pas lieu.

– Elle est toujours aussi peu bandante, constata l'agnostique Popaul.

Un jour, madame Fernande reçut par la poste la minijupe orange fluo commandée par Muriel, sa plus proche voisine. Curieusement elle ne porta pas réclamation, régla la facture rubis sur l'ongle, au grand soulagement de la petite dame de Barbe bleue. Muriel, qui avait eu vent de l'inversion, se répandit en commentaires sur la sexualité trouble des mecs avec un grand pif. Pour elle, il ne faisait aucun doute que la minijupe était réservée à des fins domestiques inavouables, car on ne vit jamais madame Fernande l'arborer en public.

*

Il y a dans ma tournée des endroits propices à la méditation. Le petit bosquet qui précède la montée conduisant chez Edmond en fait partie. La fauvette y musarde en compagnie du bouvreuil. J'y ai même aperçu un écureuil. Campant au milieu de la route, la C15 clignote de tous ses feux.

Un matin de juin, crevant l'écran de verdure le pantalon dégrafé et le rouleau de papier-toilette à la main, je faillis renverser Richard, le fils du boulanger. Il m'avait entendu venir, s'était redressé d'un bond. Le jean aux genoux, il s'efforçait de préserver l'anonymat de sa complice en maintenant son imperméable grand ouvert. Nous nous fîmes face, comme pour un duel. La nature l'avait richement pourvu, je ne soutenais pas la comparaison. De surprise je lâchai ma sacoche financière et fis le geste de rengainer, tout en remontant mon pantalon. Richard se contenta de rabattre devant lui les pans de son imper avec l'air penaud d'un exhibitionniste pris en flagrant délit. J'eus tout le loisir, avant de m'engager un peu plus loin sous les frondaisons – l'imminence d'une catastrophe ne me laissant pas d'alternative –, d'apercevoir madame Fernande, le rouge au front, qui passait les manches de son duffle-coat et réajustait sa minijupe orange fluo. Au passage, j'assurai Richard de mon silence en clignant des yeux. Il m'en remercia d'un sourire complice et d'un jovial : « Salut, Marcel ! » qu'en la circonstance la dame sembla trouver inopportun.

Je restai longtemps accroupi à méditer. Un mari absent pour la semaine, des gosses en pension à Pont-Audemer, un molosse intraitable répondant au doux nom de Judas et parcourant inlassablement les allées de la belle propriété qu'une haute haie de thuyas protégeait des regards indiscrets, un lourd portail qui en interdisait l'accès et ne s'entrouvrait qu'après qu'on eut décliné son identité devant un œilleton suspicieux fiché dans un des deux piliers, l'endroit se prêtait aux ébats. J'en conclus que cet écart buissonnier s'inscrivait dans un parcours initiatique, le fils du boulanger n'en étant qu'à ses balbutiements de séducteur.

Madame Fernande m'a su gré de mon mutisme. À l'heure du calendrier, elle se montre munificente. Sa seule exigence : étreignant le bitume de Cracovie, offrant son anneau à baiser à une Xavière Tibéri en odeur de sainteté, vacillant à l'ONU, en aquarium à roulettes… que le pape figure sur le calendrier.

– Vous avez pensé au Saint-Père ? me lance-t-elle début novembre dans les travées du supermarché.

J'acquiesce en baissant chastement les paupières, les mains jointes. Ils sont cinq dans ce cas, dont la vertueuse Marie-Antoinette et monsieur le curé. Les deux exemplaires restants étant réservés, l'un à Jean-Marie pour une raison que j'ignore mais que je subodore iconoclaste, et l'autre à Pierrot le docker qui s'en sert de cible pour son jeu de fléchettes.

Mumu

La petite dame de Barbe bleue avait envoyé à Muriel un paquet dont elle avait négligé encore une fois de vérifier le contenu. Il renfermait le kilt destiné à madame Fernande. Muriel, qui affiche volontiers des goûts modernes, a passé la jupe, histoire de plaisanter. Son premier client a sensiblement écourté sa visite. Le second, cramoisi, a manifesté le même empressement. Le père Doutreleau a débordé d'enthousiasme. Si bien que Mumu a refusé de rendre le vêtement. Elle a fait un chèque à l'ordre de Barbe bleue et glissé un billet de cent francs dans la main de la petite dame surprise.

Il est vrai que, porté par Muriel, le kilt produit une autre impression que sur madame Fernande.

– Ça vient de son cul, affirme Pierrot.

Popaul partage ce point de vue mais en y apportant une petite nuance. Selon lui, l'intervalle de chair qui apparaît entre le bas du kilt et le haut des chaussettes que Muriel enfile jusqu'aux genoux ne serait pas non plus étranger à la fascination que la jupette exerce sur les hommes de cinquante ans, qui constituent l'essentiel de la clientèle de Mumu.

– Et c'est encore mieux quand elle a ses petites socquettes blanches, précise-t-il en tirant une langue frétillante.

Muriel, à qui le port du kilt économise les préliminaires auxquels la tranche d'âge susmentionnée la soumet sinon, confirme cette impression.

– C'est vrai, ils se montrent un peu plus brutaux, concède-t-elle, pratique. Mais qu'est-ce que tu veux, on peut pas tout avoir.

Car Muriel a vite pris conscience du pouvoir de séduction de la petite jupe et du temps qu'elle lui faisait gagner, en particulier avec le père Doutreleau, sa plus fidèle pratique. Qui plus est le jour de la foire aux bestiaux. Ce mercredi-là, entre deux remises de médailles, Muriel reçoit plusieurs fois la visite du maquignon. Jouant sur l'effet de surprise, le marchand de vaches, qui ne passe pas pour tendre avec le bétail, malmène brièvement Muriel, avant de reprendre place parmi les officiels.

Après le banquet qui clôture traditionnellement la foire, une des plus primées de la région, le père Doutreleau fait une dernière tentative auprès de Muriel, mais celle-ci se refuse à lui ouvrir. Ses gosses, qui viennent de rentrer de l'école, requièrent toute son attention. Soucieuse de leur avenir, elle veille à ce que leurs cahiers soient correctement tenus et leurs leçons bien apprises.

– Ouvre, Muriel, j'en ai pas pour longtemps, s'écrie Doutreleau passablement imprégné, en cognant contre la porte.

Muriel reste sourde à sa détresse. Le marchand de vaches, qui sait que les affaires d'importance se traitent avec de la patience, se fait insistant. Il invoque un début de troisième âge difficile en compagnie d'une épouse enrobée qui se dérobe. Il promet de se montrer généreux, ce qui éveille aussitôt la méfiance de Muriel. Enfin, à bout d'arguments, il menace de ne pas régler ce qu'il doit. Mais devant le silence que s'impose Muriel, il finit par se lasser. Ses coups contre la porte s'espacent. Il balbutie un dernier « Muriel ! » sans conviction, puis renonce à son projet. Il monte à regret dans sa BX Image, dont le moteur n'avait pas cessé de tourner. Avant de claquer la portière avec rage, il lance un ultime « Salope ! » bref et sonore, qui marque son dépit et révèle en quelle estime il tient Muriel. L'insulte parcourt le hameau tout ouïe.

Les différentes versions que l'on me donne, le lendemain de cet épisode courtois, réjouiraient tout autre que moi. Ce que je lis dans les yeux des enfants de Muriel, en les ramenant à midi de l'école, m'interdit d'en sourire.

*

– Tu l'trouves comment mon cul, toi ? me demande Muriel au moment du calendrier, en se tordant le cou dans un mouvement qui fait saillir ses formes.

Élevé dans la religion et éperdument amoureux de celle qui partage mes doutes, je feins l'indifférence, ou bien je manifeste un enthousiasme excessif. Les feuilles des noisetiers en contrebas dussent-elles en garder le souvenir frustrant, cette année encore, le calendrier sera gratos pour elle : un Walt Disney pour les gosses.

*

– Tu te rends compte, la Muriel, elle fait venir un taxi pour aller faire ses courses à Auchan. Avec quels sous, tu peux m'le dire ? soutient madame Doutreleau.

Elle en reviendrait avec un chargement de plusieurs chariots, dans des emballages plastique qui volettent un peu plus tard autour de la maison, avant d'aller se prendre dans les branches des arbres en contrebas, créant une ambiance festive à l'approche de Noël.

– Seulement le mardi, se défend Muriel en m'étreignant le bras. Avec la carte Accord j'ai droit à dix pour cent sur les produits Auchan. Ça me permet de payer le taxi.

On soupçonne aussi Muriel de commander le taxi, la nuit venue, pour consentir à des heures sup avec des marins soviétiques en escale au Havre. En faisant avec eux le tour des bars de Saint-François, elle y aurait aperçu les filles d'Edmond se trémoussant dans une brasserie antillaise.

– Le Cocotier ! s'exclame Popaul le chef de gare.

– Tu comprends, me fait Muriel, qui ne dément pas en me pressant la main, il m'a laissé avec deux gosses, faut bien que j'les nourrisse. C'est pas avec ce que j'touche.

Le défunt Maurice, un ami de Pierrot, son foie n'a pas résisté aux assauts répétés et de plus en plus rapprochés du vin-des-rochers, le velours de l'estomac. « Il refoule du goulot, il en a pas pour longtemps », n'avait pas craint de diagnostiquer le docteur Popaul.

Pronostic bientôt confirmé par le docteur Knock, un ancien interne des hôpitaux de Rouen. Un mois plus tard, Maurice montait souffler son haleine de phoque dans le nez de saint Pierre, abandonnant femme et enfants à leur destinée.

J'ai une pensée pour feu Maurice. Son teint cuivré, qui le faisait ressembler à un personnage d'Emir Kusturica, lui venait de son aversion pour les ablutions. Les siennes, essentiellement matinales, se résumaient selon ses dires à : « Un coup d'gant sur le museau et c'est reparti. » Il ne procédait à sa toilette intime qu'avec réticence et, affirmait-il, « seulement en cas de besoin ». La lampée de rhum dont il se gargarisait au saut du lit lui tenait lieu de dentifrice.

Depuis la disparition de son homme, Mumu fait commerce de ses charmes. Monsieur le maire ferme les yeux sur cette activité lucrative, arguant de son caractère préventif. En près de vingt ans de mandat, sa commune n'a pas connu un seul outrage aux bonnes mœurs, et il s'en félicite.

Le petit coq

Aujourd'hui, Paulette fait grise mine. Léo, qui n'a plus toute sa tête depuis qu'une boule de graisse est venue se loger dans son cou, a laissé filer le bas du buffet de la grand-mère pendant que Paulette était chez le pharmacien. Un antiquaire a « emprunté » le bel objet pour en faire des copies, contre la modique somme de cinq cents balles. Titi a aidé au transport du meuble. Paulette flaire l'arnaque. Elle se repent de ne pas avoir tenu compte de la douleur fulgurante et prémonitoire qui lui a parcouru les boyaux à l'instant de la transaction. Titi trouve la chose amusante.

– T'auras pas d'café, lui lance-t-elle.

– Oh non ! s'écrie-t-il.

Il n'en continue pas moins de psalmodier : « Il est parti l'buffet à mémé… il est parti l'buffet à mémé », en observant du coin de l'œil l'effet que sa litanie produit sur Paulette.

– Il est ti con çuilà, maugrée-t-elle en aparté puis, s'adressant à lui : C'est ça que t'auras en moins sur ton héritage, idiot.

Titi consentirait à ce sacrifice contre une tasse du café que Paulette me demande parfois de lui rapporter. « Du Carte noire », précise-t-elle en me montrant le paquet, avant que je ne passe le seuil de la porte… « Et le *Bilto* », ajoute-t-elle alors que je parviens à la barrière.

Paulette a une autre raison d'être mécontente.

Le petit coq, fleuron de son poulailler – il est vrai que le mini-volatile a fière allure avec sa queue en panache multicolore –, lui cause du souci. Non seulement il fait les trois huit, mais il voudrait en plus soumettre à son bon plaisir deux cochinchinoises qui s'y refusent. Dépité, il reporte sa mauvaise humeur sur le reste de la basse-cour, créant un mauvais karma parmi les pondeuses. La production d'œufs s'en ressent. Calculette à la main, Paulette regrette le coup de cœur qu'elle a eu pour lui. De sa chaise, elle surveille ses allées et venues avec une rage mal contenue.

– Guette-le, commente-t-elle à voix basse en voyant le volatile s'approcher des deux poules.

Au comble de l'exaspération, elle se lève, bondit dehors et va donner un coup sur l'encadrement de la porte du poulailler. Le coq renonce pour un temps à ses visées.

– Coin-coin ! s'exclame joyeusement Titi en voyant les canards prendre la fuite.

– Va chez grand-mère, lui ordonne Paulette. De toute façon t'auras pas de café.

– Ooooh oooh ! fait Titi comme s'il était déçu.

Puis il rit bruyamment, découvrant une unique dent.

– Coin-coin ! répète-t-il pour marquer sa réprobation.

C'est plus que Paulette n'en peut entendre.

– Va chez grand-mère, lui lance-t-elle une seconde fois en lui indiquant la porte qui communique avec la chambre.

Titi s'exécute de mauvaise grâce en bousculant la table afin que les deux verres de café que Paulette vient de poser dessus se renversent.

– Regarde s'il est mauvais ! me fait-elle remarquer.

Titi ricane, heureux d'être parvenu à ses fins. Un filet de café se dirige plein sud vers le bas du calendrier représentant un couple de chiots blottis dans un panier garni de dentelle. (Quand on sait combien le café attache !)

– Tu vas me foutre le camp, s'emporte Paulette en s'emparant du torchon qui pend à la gazinière.

– Ha ! ha ! se marre Titi, qui recule contre le mur pour se garder des coups qu'elle lui porte.

Paulette, appuyée de tout son poids sur la table, redresse in extremis le deuxième verre de café, un peu plus et son contenu se répandait sur deux chatons occupés à se disputer une pelote de laine.

– Laissez-le au moins choisir son calendrier, fais-je, conciliant.

– Tiens, les v'là tes p'tits quins, crie-t-elle à Titi sans le consulter, lui envoyant à la tête le calendrier qu'elle n'a pas pris la peine d'essuyer.

Avec une vivacité qu'on ne lui soupçonnerait pas vu son handicap, Titi attrape au vol le calendrier, puis il en plaque la face souillée par le café contre le tee-shirt blanc à pois rouges qu'en ce matin frileux de décembre Paulette l'a obligé à passer par-dessus son tricot à torsades. Elle qui consacre deux journées entières au lavage et au repassage ne peut réprimer un hochement de tête incrédule.

– Montre, montre ton maillot ! lui enjoint-elle en proie à la colère.

Titi fait glisser le calendrier latéralement, comme pour en effacer toute trace de café. Trois taches de taille inégale apparaissent. L'une d'elles, la plus étendue, a les contours exacts des États-Unis, basse Californie comprise. L'autre évoque, mais plus vaguement, une botte italienne dont on aurait démesurément allongé le talon. Quant à la troisième, elle ferait plutôt penser à un dessin d'Antonin Artaud dans sa période junkie.

– Fous mé le camp, s'écrie Paulette qui peine à se contenir.

Titi disparaît dans la chambre sans demander son reste.

– Regarde ce qu'il me fait faire avec ses conneries, s'excuse Paulette.

Elle donne aux deux chatons un coup de torchon empreint de tendresse. Puis elle s'adresse à Titi, que l'on devine derrière la porte :

– Et que j'te r'veï pas avant ce soir. Privé de café pendant deux jours !

Titi manifeste son désappointement en martelant la porte à coups de pied.

– Continue, hurle Paulette. Trois jours, trois jours !

– Aah ! Aah ! fait Titi en retournant sa colère contre la cloison en Placo, qui se met à vibrer comme sous l'effet de secousses sismiques.

– C'est ça, c'est ça, casse le mur. Quatre jours ! Tu s'ras fatigué avant mé, s'énerve Paulette.

Elle ouvre le calendrier, prend un air grave, puis :

– Tu sais pas c'que c'est que d'vivre avec deux handicapés, me dit-elle.

Le silence s'installe enfin. Paulette dresse l'oreille. Elle craint que Titi, dépité, ne s'en prenne à la collection de poupées de foire qui trône sur la courtepointe en tissu molletonnée recouvrant le lit. Mais il reste assez de bon sens au trisomique pour ne pas commettre l'irréparable.

*

La dernière visite de ses cousins alsaciens a été fatale à Léo. On en tint pour responsable le vin blanc produit à la ferme qui accompagnait la choucroute et la charcuterie. De retour à Riquewihr, Adolf fut lui-même terrassé par une crise cardiaque dont il réchappa par miracle. Il tomba dans son cellier, un verre de riesling à la main.

Les agapes, auxquelles je participai deux midis de suite, ont duré une semaine et se sont achevées par la poussée de tension que l'on sait. Léo passe désormais la majeure partie de ses journées dans son atelier, essayant de remettre en marche ses machines, en vain depuis que Paulette a débranché le compteur. Ou bien il rabote une planche, toujours la même, à l'aide d'une varlope démesurée, au fût d'un brun luisant. Puis il s'accroupit pour juger de son travail. Mais la vie semble avoir déserté son regard. Tonnelier de formation (avant lui son père fut charron), il répète inlassablement le nom des outils qu'il a alignés sur son établi : batte, hutinet, bouvet, avec lequel il s'est amusé à faire des rainures sur plusieurs poutres de l'atelier. Il me nomme les différentes pièces composant la barrique qui lui sert de poubelle.

Dans le fourreau vertical que Paulette a cousu à cet effet au-dessous de la poche de son pantalon, il conserve en permanence un double mètre. Du temps de sa splendeur, il lui arrivait, au détour d'une conversation, de vous tapoter le bord des lèvres avec en vous invitant à « mesurer » vos paroles. D'autres fois, mettant fin à un débat politique houleux, il dépliait à demi l'outil en s'écriant : « Ni dieu ni mètre. » Mieux, après un repas qui se prolongeait, il se levait de table brusquement et, reportant par trois fois la mesure sur un des murs de la cuisine, déclarait : « Il est temps de six mètres. »

Bien que vêtu d'un habit de facteur privé de ses insignes, il n'évoque jamais ses trente années au service de la Poste. Il a nourri toute sa vie le regret de ne pas avoir suivi les traces de son père. Facteur il le devint, comme moi, par goût de la liberté.

Des planches entreposées par Adolf dans un coin de l'atelier, en attente d'être travaillées par le gendre de Léo qui est menuisier, se dégage une odeur qui me rappelle les bonbons des Vosges. J'étais là quand le semi-remorque immatriculé dans le Haut-Rhin avait livré le bois, il y a quinze ans de cela. Les retraités du hameau, désœuvrés en cette matinée de décembre, étaient accourus, pour se répandre en commentaires. Oui, le camion passait si le chauffeur savait se montrer à la hauteur, affirmait Boris en clignant de l'œil. Du temps qu'il « faisait le laitier », il avait été confronté à des manœuvres plus délicates. « Et sans direction assistée, monsieur ! » avait-il ajouté en levant l'index de la main gauche et en pinçant ce qu'il restait d'un biceps qu'on présumait autrefois musclé. On déplia un double mètre, on prit du recul. Henri, qui était venu en chaussons, contribua à détendre l'atmosphère en mettant le pied dans une flaque d'eau, étourderie qu'un œil exercé eût interprétée comme annonciatrice de la maladie d'Alzheimer dont il souffrirait peu de temps après. À son dernier calendrier, il apparaîtrait dans la cuisine, le regard égaré, une boîte de Quality Streets entre les mains. Quand il en soulèverait le couvercle, Thérèse et moi, nous constaterions, navrés, qu'elle contenait des excréments. Deux jours auparavant, il avait tenté de faire disparaître Jean-Pierre Pernaut en pulvérisant sur l'écran une mousse pour insert.

Le chauffeur était enfin remonté dans sa cabine pour opérer la manœuvre, et Boris avait fait face au semi-remorque, en proie à une grande concentration. Titi jouait la mouche du coche, surgissant aux endroits les plus imprévisibles, ce qui obligeait le chauffeur à des coups de frein brutaux.

Au volant de ma 4L, j'attendais sans montrer d'impatience que le camion qui obstruait la chaussée veuille bien céder le passage. Il était un peu plus de midi. Je comptais cinq calendriers au compteur ce qui, pour un jeudi, jour de *L'Union agricole*, n'était pas un si mauvais score. Mes clients se préparaient à déjeuner, je m'accordais une heure de répit. Dérogeant au principe selon lequel il vaut mieux confier cinquante centimes au Crédit agricole – dont il était un des administrateurs – que de filer un franc de pourboire à son facteur, Fouché s'était montré généreux. Le zèle qu'il m'avait fallu déployer pour que son épouse demeure dans l'ignorance de ses démêlés avec la justice – un excès de vitesse en agglomération que monsieur le conseiller général prévenu trop tard n'était pas parvenu à lui faire sauter – n'y était peut-être pas étranger.

Pour passer le temps, je procédai à un début de rangement de ma sacoche financière, tâche à laquelle je ne m'attelais qu'une fois tous les trois ans, donnai un coup de chiffon sur le tableau de bord, soulageai le vide-poche de la portière des graviers, emballages de bonbons et petites vis diverses qui s'y trouvaient, évacuai les grains de blé en train de germer au pied de mon siège. Enfin, je dressai un inventaire des calendriers restants, d'où il ressortit que, contrairement à mes pronostics, les paysages avaient été préférés aux animaux, compromettant grandement la suite de mon petit commerce. Puis, sans rien perdre des gesticulations de Boris, je déployai un journal et feignis de m'absorber dans sa lecture.

Du calvaire distant de trois cents mètres, et bien qu'il portât son casque, Léo – qui était encore facteur à l'époque – entendit distinctement le bruit que la ridelle produisait contre le pilier. Quand il arriva, Boris était aux prises avec le chauffeur. Dans un curieux sabir franco-alsacien, celui-ci lui reprochait de l'avoir mal guidé et, surtout, d'avoir souri au moment de la collision. Il fallut toute la diplomatie de Léo, qui faisait écran avec sa sacoche, pour que Boris échappe à la vindicte du chauffeur. Paulette invita tout le monde à passer à table, ce qui acheva de calmer les esprits. Boris en profita pour s'éclipser sur la pointe des pieds. On ne le revit qu'au moment du départ.

Le chauffeur demeura deux jours sur place, le temps de la remise en état du camion. Léo, qui se flattait d'avoir table ouverte à tous les corps de métier, fit appel à un ami carrossier. Celui-ci procéda sans tarder, mais après son boulot, à la réparation du plateau, déclenchant une avalanche de coups de marteau qui retentissaient dans la nuit cristalline. Et jusqu'à la gare, tirant Popaul de son sommeil. Venu aux nouvelles, le cheminot se vit offrir une place parmi les convives. Il ne déclina pas l'invitation, ne tarissant pas d'éloges sur la région de Strasbourg où il avait fait ses classes avant d'être envoyé en Algérie.

Un ami peintre apporta la dernière touche au retapage nocturne. Puis ce fut le tour d'un maçon, d'un ferronnier…

À la même époque, on vit surgir un jour le rouleau compresseur d'une entreprise de BTP qui manœuvrait pour niveler la couche fumante de macadam que deux Algériens étalaient entre la barrière et l'atelier, inhalant en une matinée autant de vapeurs de goudron qu'un fumeur moyen en une année.

L'inauguration de ce tronçon et de la bretelle qui s'y raccordait – une voie royale jusqu'à l'étente à linge que Paulette appelait de tous ses vœux depuis dix ans – donna lieu à une cérémonie improvisée. Popaul, ministre d'un jour, coupa le ruban fait de vieux soutifs mis bout à bout, que Léo avait tendu entre les deux piliers. Un discours assez peu approprié à la circonstance (un parallèle osé entre la longueur, la couleur et la dureté du bout de bitume et celles du sexe de l'orateur) fut prononcé par un des deux Maghrébins, sous les applaudissements nourris et continus de Titi.

Pendant le cocktail qui s'ensuivit, Popaul et ses deux nouveaux amis (ils étaient originaires du Constantinois, région où le chef de gare s'était illustré), qui ne crachaient pas sur le pastis, conclurent la paix des braves.

– Plus jamais ça, promit Popaul. Puis, brandissant la bouteille d'eau minérale, il s'écria : Les nouveaux accords d'Évian !

*

Paulette lève les yeux de sur le calendrier, le front barré d'un pli soucieux. Provenant de la basse-cour, des cris perçants ont attiré son attention. Elle ne tarde pas à en découvrir l'origine. En voulant échapper au petit coq, une des deux cochinchinoises est allée se jeter sur la clôture, se prenant le cou dans une des mailles du treillage. Dans ses efforts pour se libérer, elle fait voler autour d'elle un nuage de poussière et de plumes. Derrière elle, la crête érubescente, le coq se prépare à tirer avantage de la situation, avec une morgue qui énerve Paulette.

– Le salaud ! s'écrie-t-elle.

Elle se lève d'un bond et son verre oscille dangereusement.

– Vi-t'en aveuc mé, me dit-elle en m'invitant à la suivre.

Quand elle tire le verrou de la petite porte vrillée qu'on ne franchit qu'en se baissant, et qu'un gros ressort fixé sur un de ses montants maintient fermée, un silence de mauvais augure se fait dans le poulailler.

L'unique oie, qui pressent une fin d'année difficile – cinq repas par jour, est-ce bien raisonnable ? –, déploie ses ailes et court se réfugier en cacardant derrière la cabane des waters qui occupe le milieu de la cour.

Tapis dans la boue, la tête dans les épaules et les oreilles collées au corps, les deux lapins essaient de se confondre avec les buttes de terre qui parsèment le sol lunaire de la cour. Ils ont encore dans les narines l'odeur délétère de sauce à la moutarde qu'exhalait la cuisine, juste après la disparition de leur copain Jeannot, il y a un mois de ça.

Claudiquant en parallèle, les trois colverts, marins de comédie musicale en goguette, se hâtent vers la petite mare artificielle, sur laquelle ils embarquent en catastrophe.

Quant aux poules, qui constituent l'essentiel des habitants de la basse-cour, elles se sont regroupées dans le coin opposé à celui du drame, entourant l'autre cochinchinoise, comme pour lui éviter la vue de ce spectacle traumatisant.

Le petit coq, dont la première tentative s'est soldée par un échec cuisant – il vient de se faire copieusement désarçonner –, juge prudent d'attendre que la poule donne des signes de fatigue ; ce qui ne saurait tarder. Dressé sur ses ergots, il tourne la tête dans toutes les directions, comme pour prendre le poulailler à témoin de son triomphe. Puis il pousse un cri aigrelet qui laisse planer un doute sur sa virilité. Afin de corriger cette impression, il s'apprête à en lancer un second, quand il aperçoit Paulette qui accourt vers lui, une froide détermination dans le regard. Interrompant pour un temps ses vocalises, il file en direction de la mare et prend Paulette à contre-pied. Celle-ci, surprise, opère un virage à angle droit, manœuvre rendue délicate par le sol détrempé et la semelle en crêpe de ses chaussons. Déséquilibrée, elle exécute le mouvement de bras d'une danseuse de flamenco, suivi du jeu de jambes d'une cocotte de french cancan se préparant à faire le grand écart. Puis elle effectue un double ciseaux et met enfin un genou à terre.

La scène n'a pas échappé aux canards. Se méprenant sur les intentions de Paulette, la flottille mouille au milieu du bassin.

Aveuglée par la colère, Paulette ne met pas longtemps à se relever. Imprévisible, le coquelet a profité de l'intermède chorégraphique pour se glisser entre la mare et la clôture. Un boulevard lui est ouvert jusqu'à la cabane des vécés. Il s'y engouffre avec des cris suraigus. Débusquée, l'oie rejoint le troupeau des poules. Ces dames, qui semblent partagées sur l'accueil à lui réserver, lui accordent après concertation un droit d'asile temporaire.

Paulette reprend son souffle. Rien n'est encore joué. Le poulet, qui n'est pourtant pas de Loué, ne paraît pas disposé à se laisser capturer facilement. Paulette en fait une affaire personnelle. Elle ne songe même plus à m'associer à son entreprise.

– J'vas l'avé l'salaud, dit-elle en m'enjoignant de la main de ne pas intervenir.

Entre-temps, Titi a fait son apparition, goguenard. Pendu des deux mains à l'encadrement en bois de la clôture, il ne perd pas une miette du spectacle. Les yeux rieurs, la bouche ouverte sur son unique dent, il émet des gloussements qui s'apparentent à un gargarisme.

– Va chez mémé, lui crie Paulette en se frottant le genou.

Titi lui répond par un cocorico de coq trisomique.

– Cinq jours ! s'exclame Paulette, la main ouverte.

Titi accepte bien volontiers la sanction. Il secoue la barre et s'esclaffe bruyamment.

Paulette ajuste ses chaussons qu'elle avait négligemment enfilés. Puis elle s'approche de la cabane sans bruit. Titi donne dans le treillage des coups afin d'alerter le petit coq. Celui-ci, qui s'était soustrait à nos regards, laisse apparaître une crête écarlate au coin de la cabane. Paulette exécute un plongeon barthézien. Le coq esquive, Titi applaudit. Paulette se relève prestement. Le coq a de nouveau disparu. Paulette s'éclipse à son tour. Titi montre des signes d'impatience. Le petit coq fait un bref passage, Paulette sur ses ergots.

– Il est parti l'buffet à mémé ! s'écrie Titi pour relancer l'action.

– Ta gueule ! lui hurle Paulette de derrière la cabane.

S'ensuit une scène assez confuse. À un moment, la tête de Paulette se dessine à un angle de la cabane, tandis que celle du coq se profile à l'autre. Il n'échappe pas à l'infirme que les deux adversaires se tournent le dos.

Sans doute ébranlée par le mauvais traitement auquel Paulette vient de soumettre la cabane, la porte des waters s'entrebâille alors. Faite d'une plaque en aggloméré sur laquelle Léo a fixé le battant en pitchpin d'une ancienne armoire normande, elle confère à la cabane un petit côté chaise à porteurs, dont l'entrée se ferait par le devant, et s'orne dans sa partie supérieure d'un cœur aux ventricules inégaux qui dispense une faible lueur sur le petit coin. À l'instar de la barrière, elle est munie d'un ressort qui la plaque contre son encadrement. La pose d'un verrou ne s'imposant plus, on veillera à signaler sa présence par un « Y a du monde ! » dissuasif, auquel il sera répondu : « Ne t'éternise pas trop ! » par celui venu vous disputer la place et vous arracher à la contemplation des calendriers dont Léo a tapissé l'intérieur de la cabane (les plus anciens remontent aux années cinquante). L'affaire se complique les jours de grand vent, la porte risquant à tout moment de se retourner et de finir collée à la paroi gauche de la cabane, le ressort dont le travail s'est inversé n'ayant opposé qu'une faible résistance à un noroît de force 4. Se détournant des calendriers, qui se présentent pourtant sous un jour nouveau, on aura tôt fait de remonter son pantalon et de courir jusqu'à la maison, porté par les encouragements des curieux postés aux fenêtres. On ne renouvellera l'expérience qu'en cas d'urgence, et uniquement après s'être enquis de la vitesse du vent.

Titi est bien le seul à subir les éléments avec stoïcisme. Le casque de son walkman sur les oreilles, indifférent à la tempête qui fait rage, il ne consent à vider les lieux que la cassette terminée. Sa préférence allant à un best of de Mike Brant comportant deux faces de quarante-cinq minutes chacune, on ne s'étonne plus de ses absences prolongées plusieurs fois dans la journée.

Mais aujourd'hui, le temps est froid et humide, sans un souffle de vent. Une coulée de gris s'est installée sur le toit de l'église en contrebas. Elle y restera toute la journée.

Soudain, le petit coq se glisse dans la cabane, croyant se fondre dans l'obscurité. Paulette qui le suit de près bloque la porte avec son chausson, puis elle se retourne et exprime un long soupir.

Le désarroi se lit sur les traits de Titi, qui renonce à secouer l'enclos. Les mains accrochées en haut du treillage, il adopte l'attitude d'un chimpanzé gagné par l'ennui, la bouche ouverte sur sa dent. Les lèvres pincées, le visage fermé, Paulette est tout entière dans ses pensées. Enfin, après avoir pris une grande bouffée d'air, comme pour une plongée en apnée, elle se décide à entrer dans la cabane. Titi, qui ne désespère pas de voir le coq en sortir victorieux, applaudit frénétiquement.

– Ta tatin ! scande-t-il à deux reprises.

La perspective d'une fin à la Benny Hill le transporte de joie. Exultant, il frappe le treillage avec régularité en poussant des « Ah, oui ! Ah, oui ! » qui sont autant d'encouragements à son challenger. Déception, aucune réaction. La cabane ne bascule pas en arrière sur ses occupants. Le petit coq n'est pas propulsé dans les airs. Désappointé, comme s'il doutait soudain de l'issue du combat, Titi marque une pause. De la cabane bien campée sur ses fondations, aucun bruit ne parvient. Mais on devine qu'il y règne une intense activité.

Décidément partisan, Titi lance un dernier « Le buffet à mémé » sans conviction, à l'instant même où Paulette sort de la cabane, le coq sous le bras. Titi ne peut réprimer un « Ah… » de dépit. D'autant que le gallinacé ne semble pas au mieux de sa forme. Le regard effaré, il donne des coups de patte désordonnés, que Paulette esquive. Montrant un certain agacement, elle accentue sa pression sur le cou de la bestiole. Au bord de l'asphyxie, celle-ci expulse un jet de fiente qui fuse le long du mollet de sa tortionnaire.

– Salope ! s'écrie spontanément Titi, mesurant mal la portée de son exclamation.

Paulette, qui se dirigeait vers la barrière, se fige, puis, tournant vers lui une tête incrédule :

– Té, on va se r'veï, lui lance-t-elle sur un ton lourd de menace.

Titi se verra privé d'*Amour, gloire et beauté*, le feuilleton dont il ne loupe pas un épisode et qu'il savoure en buvant son café. Levée un dimanche après-midi sur le coup de quinze heures – une arrivée dans l'ordre au Grand Prix d'Amérique –, la sanction sera toutefois rétablie le soir même après que Paulette aura pris connaissance du faible rapport de la course.

De retour dans la maison, la narine frémissante, Paulette s'étonne de la puanteur qui se dégage de la cuisine depuis qu'elle y est entrée. Ses soupçons se portent d'abord sur le cassoulet en train de mijoter, puis sur moi. Mais devant mes dénégations aussi farouches que muettes, elle finit par admettre que l'odeur provient d'elle. Feignant la surprise, elle pose sur son mollet souillé un regard où plusieurs sentiments contradictoires se disputent la première place. Puis, en proie à une grande lassitude, elle pousse un profond soupir.

Mercredi dernier, en plein marché, elle s'est définitivement brouillée avec Jeannette, sa sœur. Une sordide histoire de chandeliers en laiton que l'oncle Gustave lui aurait offerts à sa communion, et que Jeanne se refuse à lui restituer, sous prétexte que Paulette se serait indûment approprié une paire d'éléphants porte-pot en céramique, une demi-heure avant que leur mère ne ferme les yeux.

Le fait qu'Antonio (« Il a la même chemise depuis quatre jours, si c'est pas pour faire de la réclame ! » s'insurge ma belle-mère que l'on ne manipule pas facilement) n'arrête pas de narguer Brooke n'est pas non plus étranger au sentiment de grande fatigue que connaît Paulette. Voilà plusieurs matins que le bel Antonio qui en fait baver à Bridget, la fille de Brooke, aimerait récupérer son fils sur lequel veille Ambre, pour qui il se consume, et dont le mari n'est autre qu'Eric, le fils de Brooke, donc le frère de Bridget. Ce crétin d'Eric croit que le gosse est de lui. En fait Ambre, qui a pieuté avec un grand Black au cours d'une soirée bien arrosée et qui a craint un moment que la couleur du fruit de ses fredaines ne vire au brun avec le temps, a inversé les couveuses à la maternité de Beverly Hills. Ironie de l'histoire, ce tour de passe-passe s'est opéré au détriment de Bridget, qui a hérité du moutard d'Ambre, un enfant de constitution fragile dont la disparition prématurée l'a plongée dans un total désarroi. Mais ça, Antonio (dont une chienne de couleur en chaleur a récemment labouré les omoplates avec ses ongles) l'ignore. Paulette n'est pas la seule à s'en réjouir. Ma belle-mère, la tante Suzanne, Boris, madame Fernande… Et une bonne moitié de Gonneville, aussi. Bref, celui qui mène la vie dure à une des héroïnes préférées du village serait bien inspiré, s'il lui venait à l'idée de faire une descente à Étretat, d'éviter Gonneville. À moins que d'ici là le scénariste d'*Amour, gloire et beauté* ne se décide à lui confier le beau rôle.

Un coup d'œil à la pendule lui confirmant la proximité des *Feux de l'amour*, son autre feuilleton de prédilection, Paulette fait prestement passer le petit coq sous son bras gauche. Le poulet laisse échapper un gargouillis plaintif, implicite appel à la clémence auquel Paulette répond par un haussement d'épaules. Le petit coq me lance un regard éperdu, qui n'est pas sans me rappeler celui de Ginger dans *Chicken Run*. Troublé, je tente une ultime médiation auprès de Paulette. Je lui vante le chant du petit animal, ses couleurs qui mettent un peu de gaieté dans la grisaille de l'hiver, je souligne son prix. Paulette me considère avec étonnement, comme si je venais d'être contaminé par Titi. Le petit coq, qui sent que les négociations ne prennent pas la bonne direction, essaie de déployer ses ailes. Il laboure de ses ergots le sarrau de Paulette, lance un dernier jet de fiente sur les chaussons de son bourreau, donne des coups de bec dans le vide. Paulette, qui craint de louper le début du feuilleton, fait un pas en avant tout en resserrant son étreinte. Du petit coq s'échappe un bruit de cornemuse en fin de course. Les yeux en coucher de soleil, il laisse pendre une petite langue écarlate. Parvenue près de la gazinière, Paulette actionne avec son pied la pédale qui commande l'ouverture de la petite poubelle, laissant apparaître un bout de sparadrap, une poignée de cheveux bleutée, deux cotons-tiges imprégnés de cérumen, et un vieux bas. Paulette, qui n'a pas de salle de bains, fait sa toilette dans l'évier.

C'est alors que retentit le téléphone. La grâce présidentielle ?

– Décroche, me fait Paulette, visiblement agacée.

Ce sont les établissements Allez HOP (Havraise d'ouverture plastique) qui lui proposent de lui changer ses fenêtres.

– Dis-leur qu'on n'en veut pas, m'ordonne-t-elle, tout en faisant faire d'un coup sec deux tours complets à la tête du petit coq. (Paulette n'en est pas à son coup d'essai. Elle a à son actif quelques centaines d'exécutions sommaires. Je n'y assiste pas sans ressentir comme un craquement au niveau des vertèbres cervicales.)

La victime expiatoire des mauvaises actions de Jeannette et d'Antonio est saisie de convulsions. Ses yeux se révulsent. Simultanément, les belles couleurs de son plumage pâlissent, comme si on venait de couper la lumière qui les éclairait de l'intérieur.

Paulette clique sur le bouton de la télécommande.

– Chante à c'teu, suggère-t-elle au petit coq en guise d'oraison funèbre.

Puis elle referme sur lui le couvercle de la poubelle, alors que la musique du générique fait son entrée triomphale dans la cuisine.

– J'prends ç'tilà, me dit-elle sans l'ombre d'un remords.

Elle met la main sur un calendrier dont une des faces présente un beau coq noir. Il restera accroché toute l'année à l'un des piliers de l'ancienne cheminée, juste au-dessus de la poubelle.

Lulu

Je venais de passer le permis administratif avec brio ; sans ce précieux sésame, pas d'espoir de mutation. Il ne m'avait pas fallu moins de cinq ans pour renoncer à mon vélo et pouvoir enfin goûter aux joies de la distribution en voiture dans le village qui m'avait vu naître. Je pouvais mettre un nom sur chaque boîte, les carrefours m'étaient familiers, je ne craignais plus les vents contraires, les clients s'habituaient à mon look, j'avais renoué avec le patois cauchois, le cidre était devenu ma boisson favorite, ma tendance à l'embonpoint se confirmait et, pour combler mes retards, je confondais parfois vitesse et précipitation. La fréquence de mes passages à la pompe faisait le bonheur d'André le garagiste et le désespoir de mademoiselle la receveuse.

La direction, qui avait entrepris une vaste chasse au gaspi après le premier choc pétrolier, m'adressa un premier avertissement, puis un second, au titre ainsi libellé : « Débauche d'énergie ! » Pour finir, elle me confia à Lulu, le Monsieur Conso de la Poste.

Sa réputation l'avait précédé. Ses exploits avaient alimenté les conversations des salles de tri pendant une bonne décennie ; il avait fait des émules.

Versé un temps au service maritime – une annexe de la Grand Poste chargée d'approvisionner en sacs de courrier les paquebots faisant escale au Havre –, il était parvenu par sa gouaille à s'attirer la sympathie de Salvador Dalí. Du haut de la passerelle du *France*, le maître catalan ne manquait jamais de saluer les postiers d'un roulant « Bonjour, la Poste ! » avant de s'enquérir de la présence de son ami Lulu, en qui il voyait le « parfait crétin syncrétique, fruit déconfit du fulgurant et dionysiaque accouplement d'un cheval (sans doute une allusion au célèbre facteur) et d'une vache normande ». On devine en arrière-plan une silhouette chapeautée. C'est celle de la divine Marlène Dietrich. Dalí avait formé un temps le dessein d'emmener Lulu avec lui à New York. L'avènement de l'avion avait fait capoter le projet.

L'Everest de Lulu, une prestation remarquée au sein de la caravane du Tour de France, dans laquelle il s'était glissé au volant d'un fourgon de la Poste (étape Alençon-Rouen retransmise en direct sur Antenne 2), avait déchaîné l'enthousiasme des habitués de la cafète et provoqué la colère du Grand Directeur. Les services sociaux de la boîte avaient dû batailler ferme pour obtenir la réintégration du trublion alcoolisé.

*

– Lulu, c'est un pro du pot, lança à la cantonade Nestor, qui avait débuté avec lui à Rouen rive droite.

L'interpellé, qui venait de faire son entrée dans le bureau de poste, fit la sourde oreille. Il avait tiré un trait sur son passé, définitivement rompu avec ses anciennes fréquentations.

Mademoiselle la receveuse, qui désapprouvait le chantage auquel les syndicats avaient recouru pour que Lulu accède à sa nouvelle fonction, refusa de se montrer. D'ordinaire, les rencontres entre cadres de la boîte donnaient lieu à des effusions de hauts dignitaires soviétiques. On s'étreignait longuement, on se tutoyait, on se roulait des patins, on communiait dans un même idéal. Pas cette fois-ci.

Nous allâmes à la pompe faire le plein, et Lulu s'assura lui-même de la pression des pneus. Puis ce fut le tour des niveaux. La tirant du moteur avec la grandiloquence d'un mousquetaire d'opérette dégainant son épée, il me passa la jauge à huile sous le nez, comme pour me la faire sentir. J'eus le temps de constater qu'elle était au plus bas.

– Les calendriers, invoquai-je, sans trop y croire.

Il parut satisfait de ma réponse.

Pour ne pas gêner la distribution, il s'assit à l'arrière de la camionnette, parmi les colis. S'appuyant sur la caisse en plastique où j'avais rangé les calendriers, il déploya une grande feuille de papier qu'il commença à couvrir de signes mystérieux. Je mis le contact et pris un départ de corbillard, sous le regard amusé de mes collègues. La première heure s'écoula sans incident, dans un climat studieux. Je veillais à conduire sans à-coups, je contournais les ornières, j'évitais de traverser les flaques d'eau pied au plancher (dans le but louable de nettoyer le dessous des ailes), et de rouler sur les trottoirs. Lulu prenait des notes en silence. Nous échangions des coups d'œil dans le rétroviseur.

Comme collée sur max, l'aiguille du carburant ne bougeait pas d'un poil. Avec une angoisse grandissante, je voyais arriver le moment où il me faudrait regrimper sur mon vélo.

Le coup de frein que je donnai pour éviter que Julia – la petite chèvre fugueuse qui s'avançait sur la route en tirant sur sa chaîne – ne finisse sur mon capot contribua à détendre l'atmosphère. J'entamai la conversation. Levant le nez de sa paperasse, Lulu soutint l'échange. La Poste se devait de relever le défi qui lui était lancé, une antienne souvent reprise depuis. Lulu s'enflammait, saluait les innovations techniques : mouchard, coupe-batterie, démarreur électrique… toute une série de mesures drastiques qui visaient à faire des économies et n'eurent d'autre effet que de traumatiser une génération de facteurs. Puis il en vint rapidement à lui. Il avait entrepris une thérapie de groupe qui commençait à porter ses fruits. Il ne levait plus le coude qu'avec modération, et la main sur sa femme que lorsqu'elle le méritait, me dit-il en plaisantant. Le ton était donné, je respirai. Je louai la force de caractère de mon interlocuteur. Il se montra modeste, une récidive était toujours possible.

L'ambiance devint franchement cordiale.

Le bistrot de la mère Leberthier se dessinait à l'horizon. Il était midi, je proposai l'apéro à Lulu. À ma grande surprise, il accepta.

Il subit l'épreuve avec courage et dignité, m'offrant la « rincette ». Nous allions lever le camp, quand Gilles, mon collègue facteur, fit son apparition. Le détour auquel cette halte l'avait contraint le mettait un peu mal à l'aise. Lulu se défendit la main sur le cœur d'être un délateur et l'invita à se joindre à nous. Mon collègue, rasséréné, s'installa à notre table. Nous trinquâmes pour la troisième fois.

– La même chose, lança Gilles à l'adresse d'Anne-Marie.

– Pas pour moi, dis-je, saisi d'une soudaine inspiration.

Tendant son verre, le spécialiste de la consommation approuva ma décision d'un signe de tête.

Avant de reprendre sa place à l'arrière, Lulu tint à me faire part de son expérience

– De la volonté ! me dit-il en zozotant. De la volonté !

Puis il s'enfonça dans la 4L en se cognant le genou contre le châssis, mais il ne sembla pas éprouver de douleur.

Lulu faisait preuve d'optimisme. L'instant de sa complète guérison était proche. Ses migraines l'avaient quitté, il pouvait, depuis peu, passer devant le bistrot Le Diplomate sans s'y sentir mystérieusement aspiré, et aborder les deux mini-tunnels à l'entrée du Havre sans éprouver d'appréhension, ni y laisser ses rétros.

Nous fîmes une halte chez Léo. Le jeune retraité facteur nous traita avec empressement.

– À la Poste ! dit-il en choquant son verre d'anis contre celui de Lulu.

Puis ils échangèrent des souvenirs. Paulette nous proposa une assiette de couscous sur le pouce. Elle avait un peu forcé sur la harissa, et trois verres de sidi-brahim ne furent pas de trop pour éteindre l'incendie qui se propageait dans la gorge de Lulu. On promit de se revoir.

Pendant le repas, j'avais laissé le moteur tourner. Lulu n'y prêta pas attention. En grimpant à quatre pattes dans la 4L, il se cogna le genou une nouvelle fois, sans ciller.

J'adoptai une conduite tout en douceur. Mon passager soliloquait à l'arrière. Bien qu'elles fussent à l'origine de ses ennuis, je crus comprendre qu'il en pinçait toujours pour les blondes allemandes. Il en vantait la finesse, les préférant aux Belges indigestes et aux Irlandaises rancunières et diurétiques. Puis il s'absorba dans ses pensées. Un ronflement se fit bientôt entendre. Lulu dormait, la bouche ouverte. Des gouttelettes de sueur perlaient à ses tempes. Il s'essuyait les chaussures sur la feuille de papier qui avait glissé à ses pieds. J'avais mis un peu de starter, je donnais des petits coups d'accélérateur dans le vide, l'espoir renaissait. Le spectre du vélo s'effaçait peu à peu. Un juron tira Lulu de son sommeil. La 4L venait de crever.

Pendant que je changeais ma roue, je confiai mon passager à l'ami Roland, l'agriculteur chez qui nous étions arrivés.

– Asseyez-vous, lui dit ce dernier en lui avançant un fauteuil.

Lulu s'y laissa choir pesamment.

– T'en fais pas, on va le soigner ton client, me fit Roland en aparté.

Lulu repoussa le verre de vin qu'on lui servait.

– Mais un café, c'est pas d'refus, déclara-t-il en se frottant les yeux comme un enfant.

Quand je rentrai me laver les mains, Roland versait une rasade de calva dans la tasse que Lulu tenait en l'air. Sur la table, plusieurs bouteilles de différentes liqueurs maison étaient alignées.

– Je ne voudrais pas vous presser, dis-je à Lulu.

Dehors, la 4L ronronnait sans discontinuer.

Renversant la tête en arrière, le repenti engloutit la goutte en une seule fois. La gnôle lui arracha un petit gémissement. Il émit un souffle rauque, et sa face s'empourpra.

– C'est de la 70 degrés, indiqua Roland en se fendant d'un sourire.

Notre départ s'effectua dans les meilleures conditions. L'aiguille de la jauge d'essence avait entamé sa descente.

Lulu retrouvait sa loquacité. La Poste n'aurait pas à regretter la confiance qu'elle avait placée en lui.

– Sauvons le service public ! s'écria-t-il soudain en forçant la voix – il ne put réprimer une quinte de toux.

Tout en parlant, il commença à s'intéresser au contenu de la caisse sur laquelle il s'appuyait. Il en sortit un premier calendrier, deux chatons qui ne retinrent pas son attention. Puis il tomba sur les Rousses, et son visage s'éclaira.

– Là, me dit-il en pointant du doigt le calendrier.

Je me rangeai sur le côté, mis au point mort et me tournai vers lui, vivement captivé.

En contrebas d'un bouquet de sapins, on devinait un chalet en bois. C'était celui de la Poste. Lulu y avait été détaché après sa première cure. « Sa dernière chance », avait dit le Grand Directeur. Homme à tout faire du centre de vacances, Lulu faisait la navette avec la gare, rapportait les courses, jouait au facteur, conduisait les éclopés à l'hosto. La nuit venue, il mettait de l'ambiance dans les soirées fondue et « ranimait la flamme », me raconta-t-il en me montrant le tas de rondins appuyé contre le chalet. Deux années au pied des pistes, loin de ses amis, avaient hâté sa guérison. Il avait renoncé à la 1664 et à la Jupiler, il ne jurait plus que par le Vittel fraise.

– La vie au grand air, un « facteur » déterminant, me dit-il, l'index dressé. Jusqu'à cette maudite virée à Munich, fit-il, des sanglots dans la voix. Vous connaissez le carnaval de Munich ? Munchène, précisa-t-il avec un fort accent havrais.

Lulu y avait joué les tour-opérateurs, une année qu'aux Rousses la neige manquait cruellement. Chargé d'assurer la liaison entre les nombreuses brasseries que compte la capitale bavaroise, il avait fait de la pub pour la Poste, n'hésitant pas à en venir aux mains avec un nostalgique du IIIe Reich, ni à se mesurer à l'un des plus prestigieux ventres à bière du Tyrol – de là sans doute sa conversion à la Spaten et à la Löwenbrau. Enfilant le fameux short en cuir à bretelles, il était même parvenu à s'attirer les faveurs d'Ulla, une porteuse de pichets aux bras de lutteur, au terme d'une longue nuit de cour assidue et de libations.

– Dans les waters de la taverne, affirma-t-il, viril.

Par les gestes dont il ponctua son explication, je crus comprendre que sa partenaire lui tournait le dos.

Le retour aux Rousses s'était effectué en plusieurs étapes, quatorze exactement, un chemin de croix urinaire, nécessaire à l'élimination des dix litres de bière que Lulu avait engloutis avant de partir.

Empruntant les grands axes dont l'Allemagne est pourvue, il avait réussi à passer la frontière sans encombre. Les routes jurassiennes, au tracé sinueux, demandaient une plus grande concentration. Alors qu'il était en vue du chalet, un virage en épingle à cheveux particulièrement traître, selon l'intéressé, lui fut fatal. Le minibus sauta le petit parapet et plongea dans un profond ravin. Aucune victime ne fut à déplorer. On remonta l'épave du minibus, et Lulu fut invité à comparaître devant le conseil de discipline de la Poste. La docte assemblée lui rappela les nombreux avertissements dont il avait fait l'objet. La défense invoqua les « excellents états de service » de l'accusé. Le Grand Directeur fustigea le climat de laxisme qui régnait alors à la Poste. (On avait retrouvé des vomissures couleur « lie de vin » dans un sac de courrier destiné à un percepteur de la région ; des traces brunâtres et malodorantes avaient été relevées sur des lettres en provenance de Neufchâtel-en-Bray.) La Croix-Bleue, par la voix de son président monsieur Maillard, un ami de Lulu, condamna l'exil forcé auquel celui-ci avait été contraint, loin de ceux qui pouvaient lui tendre une main secourable. Mais l'heure était à la répression. Alléguant l'exemplarité de la sanction, la direction se refusa à la mansuétude. La main sur le cœur, Lulu jura solennellement de s'amender, et le conseil se retira pour délibérer. Un jugement d'une sévérité sans précédent allait être rendu, quand la CFDT menaça, en coulisses, de divulguer le nom du receveur et maire de son village qui s'était livré pendant deux ans à des malversations sur les livrets de quelques retraités pour assouvir sa passion du jeu. En cette période de disette énergétique, la fonction de « responsable de la consommation » venait d'être créée, elle échut à Lulu.

– Un poste où il pourra donner toute sa mesure, avait lâché le directeur, dépité.

Profitant de la confusion qui régnait dans la salle à la lecture du verdict, monsieur Maillard avait obtenu que Lulu soit affecté dans le bureau de son choix, loin de ces régions inhospitalières et de la dangerosité de leur réseau routier. Lulu avait opté pour celui dont il avait été écarté : Le Havre Principal.

Je ne perdais pas un mot du récit, interrompant parfois le narrateur afin de mieux le relancer.

– Je vous l'offre, lui dis-je, faussement attendri, en lui indiquant le calendrier.

– Corruption de fonctionnaire, rétorqua-t-il comme s'il s'offusquait de ma proposition. Cela peut vous mener loin.

Mais en même temps, ses yeux exprimaient de la reconnaissance. Il posa le calendrier sur la roue de secours et s'abîma dans sa contemplation.

Le moteur ronronnait allègrement.

L'après-midi avançait. La brume s'était levée, faisant place à un soleil radieux dont le reflet dans une des vitres arrière soulignait les traits marqués de Lulu.

Mademoiselle la receveuse devait commencer à montrer des signes de nervosité. Je repris la route.

– Tu descends ! décréta Edmond, l'agriculteur.

Nostalgique, Lulu ne fit pas de difficulté pour marquer une pause, il en éprouva en revanche pour s'extraire de la 4L. Edmond m'adressa un coup d'œil complice.

Lulu en était à son deuxième verre de liqueur de « vieux garçon » – un cocktail détonnant dont Gisèle se refuse à révéler la composition –, quand le téléphone sonna. À l'autre bout du fil, mademoiselle la receveuse qui, d'appel en appel, était parvenue à remonter jusqu'à nous, s'étonnait de notre retard. Je ne lui laissai pas le temps d'exposer ses griefs. Je la rassurai brièvement et raccrochai. Dehors, le moteur n'avait pas cessé de tourner. La distribution touchait à sa fin, Lulu prit la sage décision de s'asseoir à mes côtés, sur le support de la caisse du courrier où seul peut prendre place l'agent qui y est appelé par son service, le contrevenant, fût-il un chien égaré comme c'est souvent le cas, engageant sa responsabilité.

Depuis que Lulu ne buvait plus, sa vie affective avait pris un nouveau tournant. Son épouse, qui avait menacé un temps de le quitter, lui réservait à présent un accueil chaleureux. Leur vie sexuelle s'en était trouvée nettement améliorée.

On repassa par la pompe faire le plein. Lulu opéra une soustraction, puis une division. Je fis mentalement de même et pris, soulagé, le chemin de la poste.

Lulu refusa de se justifier auprès de mademoiselle la receveuse. Il n'en référait qu'à sa hiérarchie. La receveuse se retint de le gifler.

– On va pas se quitter comme ça, me murmura-t-il à l'oreille en défroissant le papier sur sa poitrine. Rendez-vous au Voltigeur, je serai plus tranquille pour y faire mes comptes.

Il tourna les talons, écarta du bras la receveuse qui tentait de s'interposer et prit la poudre d'escampette, le calendrier sous le bras. Je le vis passer devant la fenêtre en titubant.

D'une voix blanche, mademoiselle la receveuse me somma de rester à mon bureau. Rebelle, j'esquissai un pas vers la sortie, avant d'obtempérer. Brandissant la menace du « petit livre rouge » – un cahier dans lequel elle consignait les fautes de ses agents, et dont plusieurs pages m'étaient consacrées –, elle s'était mise en travers de la porte, les glandes sudoripares redoublant d'activité.

Un engagement syndical radical, auquel était venu s'ajouter le port du short un jour de canicule, avait valu à l'un de mes prédécesseurs d'être muté dans un centre de tri de nuit, où il avait sombré dans la dépression, puis dans l'alcoolisme. Sa femme s'était enfuie avec un toubib, il ne s'en était jamais remis. Il repose aujourd'hui dans un cimetière du côté de Fécamp.

La dernière grève avait été suivie par 8,33 % des facteurs du bureau de poste (j'avais été le seul à la faire), ce qui ne s'était jamais vu auparavant. Pendant que je battais le pavé de Franklin – la place du Havre d'où partent et où prennent fin les utopies –, la receveuse, flanquée de son fidèle Mimile, en avait profité pour passer au peigne fin le tiroir de mon casier de tri. Elle y avait découvert un carnet de recommandés obsolète auquel il manquait cinq signatures, débusqué trois talons de mandat entre les pages d'un règlement datant de 1954, avait ignoré un magazine gay danois et fait main basse sur le courrier que je gardais en instance : le carnet de notes de Julie, à déposer le lendemain du concert de François Valéry, et trois lettres parfumées adressées à Anne, afin que son mari demeure dans l'ignorance de la correspondance amoureuse qu'elle entretenait avec un collègue de bureau en vacances. Depuis, j'étais l'objet d'une étroite surveillance.

Chaque matin, mademoiselle la receveuse détaillait mon « accoutrement », se penchait sur mon opulente chevelure bouclée, comme si elle venait d'y déceler la présence d'hôtes indésirables, et s'offusquait du béret – pourtant réglementaire – dont je coiffais ma tignasse quand je partais en tournée. Elle guettait mon retour avec gourmandise, s'indignait de mes rentrées tardives, s'étonnait du nombre élevé de taches de boue qui maculaient le bas de mon pantalon (j'en avais parfois jusqu'aux genoux), mettait de l'ordre dans mes différents carnets, soulignait d'une griffure outrée les signatures qui lui paraissaient litigieuses, pulvérisait d'Air Wick le siège de mon bureau après que je m'en étais levé, comptabilisait mes kilomètres parcourus, humait mon haleine et menaçait de faire appel aux flics et à leur ballon quand, selon elle, je me montrais un peu trop pressant avec les guichetières. Vingt ans plus tard, elle m'eût équipé d'une balise Argos.

Six mois de ce régime avaient quelque peu ébranlé mes convictions. L'enseigne « centre de tri » en lettres de néon s'inscrivait de plus en plus souvent au plafond de mes insomnies. Conciliant, je m'étais muni d'une brosse à habits, j'avais fait l'acquisition d'un peigne, j'étais regardant sur les plis de mon uniforme, je ne signais plus à la légère à la place de mes clients, j'avais renoncé au petit cigare hollandais malodorant, je lustrais ma 4L, je ne taquinais plus les guichetières, enfin, presque plus, j'essayais de me fondre dans un parfait anonymat.

Dans mon dos, mademoiselle la receveuse se glorifiait de mes progrès. À la direction, elle passait pour une meneuse d'hommes. Elle ne me gratifiait plus, quand je rentrais, d'un « Mon Dieu comme il est sale ! » en levant les yeux au ciel. Elle tolérait mes dépassements d'horaire, jouait un peu moins de son stylo et ne réservait plus la bombe d'Air Wick qu'aux seules toilettes, et uniquement après que Nestor s'y fut rendu.

Ces petites concessions à la normalité ne m'étaient pas si pénibles. La porte de la poste franchie, je demeurais maître de mon destin. Je courbais gentiment l'échine, tandis que la vieille fille pérorait comme si elle venait d'obtenir la reddition du Che.

Une demande d'explication pour « mauvais entretien de véhicule » avait mis le feu aux poudres. Laissant éclater ma colère (les averses incessantes transformaient depuis un mois les chemins en bourbiers), j'avais fait une boule de la feuille de papier, l'avais lancée pile dans la corbeille située à l'autre bout du bureau, puis j'étais sorti en faisant vibrer la grille de la lourde porte.

Sans Kiki, j'aurais été cuit : le centre de tri, la déprime, la cirrhose, et ma princesse se faisant la belle avec Christian l'infirmier. Kiki, Kiki le riquiqui, Kiki le chouchou à sa mémère, Kiki le fureteur (« Toujours fourré dans nos pattes », se plaignait Léo en lui décochant de discrets coups de brodequin sous la table), un caniche nain aussi frisé que moi à qui sa maîtresse vouait un amour éternel, Kiki qui s'était bêtement jeté sous les roues du camion de la Brinks et que j'avais sauvé in extremis d'une mort certaine en plongeant sous le fourgon, sans laisser aux vigiles le temps de dégainer. Le chauffeur avait freiné brutalement, la blindée avait fait un bruit de tirelire qu'on secoue. Les cow-boys avaient surgi, le magnum au poing. J'avais levé le Kiki au ciel. Les deux justiciers payés au SMIC avaient encore dû s'armer d'une bonne dose de sang-froid quand la vieille fille avait bondi comme une folle hors de la poste.

Depuis, je jouissais d'une relative tranquillité. Quand un danger se présentait, j'appelais Kiki à la rescousse et mademoiselle la receveuse venait me manger dans la main. Pas cette fois-ci, Lulu avait dû lui couper l'appétit. Crucifiée contre la porte, elle se la jouait passion du Christ. Je n'allais pas lui passer sur le corps. J'en étais à ma troisième semaine de calendriers. Devant l'abondance des événements survenus à Gonneville durant l'année et des commentaires qu'ils suscitaient, j'avais dû revoir mes prévisions à la baisse. Ma moyenne tombait certains jours à cinq clients. L'heure n'était pas à la rébellion. Je pris donc le parti de m'asseoir sur mon bureau. Kiki accourut en aboyant. Sa maîtresse n'eut pas un regard pour lui. Je me penchai, saisis le petit clébard et, après l'avoir posé sur mes genoux, j'attendis sagement que Lulu veuille bien refaire surface.

Trois quarts d'heure s'écoulèrent.

Madame Tourbe, la guichetière, désœuvrée en cette fin d'après-midi, était venue aux nouvelles. S'accoudant contre le chambranle de la porte, elle m'adressait des coups d'œil appuyés, tout en mordillant le bout de son stylo à bille. Je lui répondais en roulant des yeux de Pierrot gourmand et en passant sur mes lèvres une langue prometteuse. Le fou rire qu'elle réprimait secouait ses formes plantureuses. La receveuse exhalait des soupirs extatiques. Kiki, confiant, s'était endormi sur ses parties génitales. Je me laissais gagner par une douce somnolence. Le jour baissait, le boucher d'en face avait allumé sa guirlande de Noël. Pierrot passa sur sa mobylette avec, sous son casque en ferraille, un incontestable look moyenâgeux.

Claudiquant, Lulu fit enfin sa réapparition.

Devinant qu'on l'observait derrière les rideaux, il se posta devant la fenêtre et nous présenta le calendrier qui m'avait servi à le corrompre. Ensuite, pour exprimer sa satisfaction, il dressa le pouce de la main droite, tout en hochant la tête et en fermant l'œil gauche. La receveuse, qui était descendue de sa croix, appuya sur l'interrupteur, plongeant le bureau dans la pénombre. Lulu, que l'on sentait remonté, plaça alors le calendrier sur le rebord de la fenêtre, puis, d'un geste ample, porta la main à sa braguette. La receveuse poussa un petit cri et recula précipitamment. La guichetière, aux anges, bondit au carreau. Mais, tout en exécutant avec sa main gauche un garde-à-vous impeccable, Lulu se contenta de dessiner, avec le pouce et l'index de son autre main, un arc de cercle au niveau de la boucle de sa ceinture. La receveuse était proche de l'évanouissement. Lulu reprit son calendrier, fit demi-tour et s'installa tant bien que mal dans son véhicule de fonction. En franchissant le portail, il tourna vers nous son visage congestionné et nous tira la langue.

Il faisait presque nuit quand je pris congé.

– À demain ? me demanda la receveuse, comme si elle doutait de ma réponse.

Je feignis de ne pas avoir entendu.

La direction s'en tint aux conclusions de son expert. Malgré mon jeune âge, il était clair que je possédais la parfaite maîtrise de mon véhicule et savais, selon les termes du spécialiste, faire preuve de sang-froid quand les circonstances l'exigeaient (l'apéro refusé chez Anne-Marie). J'avais de bons réflexes (mon coup de patin pour éviter la biquette), et mon aptitude à changer une roue n'avait rien à envier à celle des mécanos de Niki Lauda. La petite nervosité que j'avais laissé transparaître en fin de parcours était due, à n'en pas douter, « au climat de suspicion qui semble régner au bureau de Gonneville ».

Non, décidément, ma conduite n'était pas en cause. La 4L, issue d'une mauvaise série, avait seulement besoin d'un bon réglage. On établit un diagnostic complet de mon tacot, et la dream team de la Poste vint s'affairer autour du bolide dans une ambiance de Grand Prix de F1. On m'équipa d'un nouveau carburateur, on vérifia l'écartement de mes électrodes, on me chaussa en Michelin aérodynamiques, me lubrifia, on s'assura de l'étanchéité de mes joints SPI… et mademoiselle la receveuse, en lui remettant son courrier, rappela à monsieur le conseiller général sa promesse électorale de goudronnage des routes secondaires du canton.

Pendant deux ans, je m'efforçai de maintenir la consommation de la 4L à un niveau acceptable (j'oscillais entre onze et treize litres au cent). Une nouvelle hausse des taxes sur les carburants – dans un but d'amélioration des infrastructures routières des départements sous-équipés (Jura, etc.) – survint alors, incitant la direction à mettre la 4L au rancart. On expédia l'engin au grand garage, où il devint le mulet de la pointe de Caux. Il m'arriva plusieurs fois, ma C15 étant en panne, de récupérer la gloutonne. Je retrouvais, non sans une certaine émotion, l'odeur particulière des petits cigares hollandais.

Lulu fut nommé gérant de la cafète. Privé de permis après un contrôle positif à l'alcootest, il fit l'acquisition d'un scooter, qu'on lui tira un soir qu'il assistait à un match de foot opposant Le Havre AC à Gueugnon, au stade Deschaseaux.

Château-Gaillard

Trois semaines auparavant, elle avait longtemps hésité entre une Mercedes 300 SL dont les portes se relèvent sur le côté, au dos de laquelle une Jaguar type E au capot interminable brillait de tous ses chromes, et un maréchal-ferrant aux prises avec un étalon rétif, au verso duquel un rémouleur faisait jaillir des gerbes d'étincelles qui menaçaient de foutre le feu à sa barbe.

À ma grande surprise, elle avait préféré les grosses cylindrées.

– Puisque t'as qu'cha comme calendriers à m'proposer, m'avait-elle répondu, alors que je m'étonnais de son choix.

En même temps, signe d'un grand trouble, elle inclinait le fauteuil en osier pour en faire déguerpir Minette et poser à sa place les onze pubs que je venais de lui livrer. Puis elle s'était tournée vers l'évier, comme si elle avait eu de la vaisselle en retard. Je lui avais promis de repasser avec d'autres modèles, repoussant les trois pièces alignées au coin de la table. Elle ne m'avait pas raccompagné à la porte, comme elle avait coutume de le faire.

Pris dans le tourbillon qui précède Noël, et même si je la devinais épiant chaque jour mon passage par la petite fenêtre de son arrière-cuisine, j'avais différé l'heure de ma visite. Un bouquet de persil posé sur la boîte aux lettres m'avait rappelé à ma promesse.

Mi-décembre, mes réserves de calendriers commençaient à s'amenuiser et leur état de fraîcheur laissait de plus en plus à désirer. La face nord de l'Eiger présentait des zébrures qui n'étaient pas dues à des avalanches, ni à des skieurs hors piste. La queue d'un cyclone semblait s'être attardée sur la pointe des Salines (Martinique), endommageant les paillotes aussi irrémédiablement qu'une compagnie de CRS en Corse. À Paris, les ampoules qui illuminaient la tour Eiffel avaient été remplacées par des bougies, un troupeau de vaches auvergnates était tout écorné, et il neigeait sur une vue estivale de Riec-sur-Belon. Seule une fillette nourrissant une brebis au biberon faisait encore illusion ; pas pour longtemps si l'on considérait le petit pâtre se trouvant au verso, à qui une brusque poussée d'acné avait définitivement grêlé le sourire angélique (surtout à contre-jour).

Il ne s'agissait pas, faute d'y avoir mis les moyens, de compromettre une récolte qui s'annonçait comme celle du siècle. Le remplacement de la vieille cabine de douche qui fuyait au profit d'une Plaisance équipée de huit buses hydro et de quatre jets sur rampe chromée avait été envisagé. À lui seul, monsieur le maire m'avait déjà payé le mitigeur thermostatique ; monsieur le conseiller général, qui venait de se voir reconduit dans sa fonction de président du SIVOM, ne pouvait faire moins que de m'offrir les deux robinets. Une visite à la pièce du fond où je rangeais mes almanachs s'imposait.

Et c'est à genoux que j'avais découvert cette vue de Château-Gaillard, forteresse médiévale dominant la petite ville des Andelys d'où la vieille fille était originaire, et dont elle m'entretenait régulièrement depuis trente ans.

– Alors là, oui ! s'était-elle exclamée au téléphone (ce qui n'était pas dans ses habitudes). Passe demain, j'te f'rai du café frais.

En pleine lumière, la forteresse – du moins ce qu'il en reste – prenait du relief. Ses hauts murs à pic donnaient le vertige. À leur pied, un porte-conteneurs battant pavillon maltais remontait lentement un méandre de la seine, laissant derrière lui un sillage légèrement hydrocarburé. Tout juste si, en prêtant l'oreille, on ne distinguait pas, dominant le bruit régulier des diesels, la voix du capitaine norvégien donnant ses ordres à l'équipage philippin.

La petite mère Décultot ne retournerait pas le calendrier. Pour elle, l'année compterait deux fois les six premiers mois.

Le grand cru

– Voltaire, qui estimait son charlemagne trop précieux pour l'offrir à ses hôtes, préférait le boire en cachette, me dit mon beau-frère en promenant ses narines au-dessus de son verre. À cheval sur les communes d'Aloxe-Corton et de Pernand-Vergelesses – l'empereur à la barbe fleurie y aurait possédé des vignobles, d'où son appellation –, ce grand cru, poursuit-il en connaisseur, parfois dur dans sa jeunesse, ne révèle ses richesses aromatiques qu'après plusieurs années de vieillissement.

Puis, après avoir posé ses lunettes sur le bout de son nez :

– Si j'en juge par son étiquette à moitié effacée, le millésime de celui que nous allons déguster ce soir serait de…

Il approche la bouteille de ses yeux :

– 1957 ? 1957 ! répète-t-il, incrédule. Tu remercieras ta cliente ! Avec le gratin de queues d'écrevisse que ma petite femme nous a préparé, il sera… parfait !

*

En garant la C15, je veille à ne pas empiéter sur la bande de gazon qui sépare la clôture de la route. C'est à ces petits riens que l'on reconnaît le titulaire d'une tournée. La menace du refus du calendrier ne pesant pas sur elle, Martine, la factrice remplaçante, n'est pas tenue à ces égards. Pour assurer la relève de la garde de sa petite Jennifer, dont le papa est du quart d'après-midi, elle fait ses demi-tours sur les pelouses, enfonce incomplètement le courrier dans les boîtes, refuse de rapporter sa baguette de pain à Hubert, mord sur la bande de gazon de Jacqueline et essuie ses engueulades. Il faut toute la persuasion de mademoiselle la receveuse pour qu'« Aston Martine » (surnom trouvé par Gino) consente à lui livrer son courrier le lendemain.

Une plate-bande où le rose domine s'étend tout le long du treillage. Des spirées naines en solde chez Bakker alternent avec des rosiers polyantha en réclame chez Willemse, et je me souviens de l'impatience grandissante de Jacqueline, mi-avril, en me voyant arriver chaque matin sans les fleurs dont elle avait passé commande. Tout juste si elle ne m'imputait pas le retard. Tout est rentré dans l'ordre début mai. Jacqueline avait entouré les plants de tant de soin qu'au bout d'un mois, il ne paraissait plus rien du fâcheux contretemps. L'éclosion des fleurs soulevait l'admiration des passants. Pour Popaul le chef de gare, il ne faisait aucun doute que les nuances subtiles de rose du massif provenaient en grande partie de l'engrais riche en phosphates dont il le nourrissait quand Jacqueline avait le dos tourné. De retour de chimio, elle le surprit un midi la braguette ouverte. Il battit en retraite, réservant la fin de son arrosage à son pantalon.

En poussant un des vantaux du portail que le fils menuisier de Jacqueline a mis près d'un mois à poser sur ses gonds, je réprime un mouvement de recul. Boby a fait entendre un grognement sourd. Hier encore je me serais jeté en arrière et j'aurais pris la fuite, en négligeant peut-être de tirer le lourd battant derrière moi. (La porte de la C15 s'étant mystérieusement refermée, j'avais dû un matin grimper sur le toit de ma camionnette pour échapper à un labrador vindicatif. Son maître avait immortalisé la scène en prenant une photo dont mademoiselle la receveuse conserve jalousement une épreuve dans ses archives.) Mais avec le temps... Un début de paralysie a définitivement réfréné les ardeurs de Boby. Il arrive malgré tout qu'un auxiliaire se laisse intimider par le malinois et demeure pétrifié au pied de la barrière, le journal à la main, Jacqueline ayant pris soin, pour être sûre que je monte la voir, de décrocher la boîte du pilier sur lequel René, son mari, avait fixé un cheval cabré en terre cuite à l'aide d'une colle spéciale venue d'Allemagne en quarante-huit heures par Chronopost, le jumeau de celui qui se trouve encore sur l'autre pilier. Pour ne pas être en reste, Roland, qui habite la maison Phoenix voisine, a rehaussé ceux de son portail de deux lions impassibles d'inspiration khmère.

Un détecteur de mouvement avait été braqué sur l'installation chevaline. Il se déclenchait au passage d'une feuille morte. Boby en profitait pour se donner en spectacle, hurlant à la mort jusqu'à l'extinction des feux. Ce « son et lumière », selon Jacqueline qui avait perdu le sommeil, se répétait plusieurs fois par nuit. Son effet dissuasif fut de courte durée.

Un soir que Turretot était plongée dans l'obscurité par une de ces pannes de courant dont novembre a le secret, un des deux pur-sang en profita pour sauter de son perchoir et prendre la fuite. Dans un état de torpeur dont il n'émergea qu'au bout de deux jours, Boby ne broncha pas. Le somnifère qu'on lui avait fait ingurgiter aurait assommé un éléphant, déclara Boulanger le véto.

Le lendemain, René laissait éclater sa colère. La casquette en arrière, la clope au coin du bec – une maïs qui causa sa perte –, il tenait des propos racistes, apostrophait les passants, nombreux on s'en doute, et donnait l'accolade à ceux qui, comme lui, se montraient favorables à un rétablissement de la peine de mort dans certains cas, dont celui-là.

Ce larcin était peut-être le fait d'un turfiste.

– Je n'ai que d'feï, pas d'cochonnerie dans ma cour, déclara ex abrupto Paulette à la commission d'enquête venue l'interroger, composée d'André le garde champêtre, en grande tenue, et de Fouché l'adjoint au maire, troublé de retrouver celle à qui il devait ses premiers émois amoureux.

« Si t'avais vu sa gueule de faux jeton », me confierait-elle plus tard.

À moins qu'il n'ait été commis par un admirateur de la Scuderia, dixit Guerrand, qui suivait Eurosports depuis qu'il s'était fait installer une parabole.

Donc un Italien, donc Moretti. Soumis à la question, Gino avoua préférer Lamborghini. Et De Dion-Bouton, si j'en juge par son calendrier.

Depuis, malgré le regard suspicieux porté par le commissaire Boris sur tous ceux qu'il croise, l'enquête est au point mort.

– Cet acte de vandalisme ne restera pas longtemps impuni, avait promis monsieur le maire, venu se recueillir au pied des vestiges équins.

En attendant, bien qu'il soit privé de son socle et amputé d'une bonne moitié de ses pattes arrière – ce dont René, le tube de colle à la main, s'était félicité –, le cheval aux pieds d'argile court toujours.

Boby se traîne vers moi. Jacqueline se refuse à le faire piquer. « Mon vieux compagnon », dit-elle tristement. La cataracte ne l'a pas épargné non plus. Son regard, que j'ai connu si farouche, s'orne à présent d'une pastille d'un bleu opalescent qui ne doit pas faciliter la vision. Le méchant toutou n'inspire plus que de la pitié. Mais un lourd passif subsiste entre nous, qui me porte à la prudence.

Je pose le pied sur le beau dallage qui mène au garage. Jacqueline le balayait avec entrain avant que ses forces ne l'abandonnent, traquant la mousse entre les joints, pourchassant les feuilles que l'automne y amène inlassablement, en provenance du verger qui fait face au pavillon, recueillant les crottes que Boby y dépose négligemment. L'œil en coin, je maintiens une distance respectable entre le malinois et moi. Il m'escorte jusqu'au garage en maugréant, tirant sur son arrière-train désormais inutile. Mais à trop veiller sur mes arrières, je manque de mettre le pied dans la gamelle du cerbère. À l'instar du loup de Tex Avery, j'entends distinctement Boby se marrer dans mon dos.

Ce qui frappe en premier, quand on passe la petite porte pliante – excepté en automne où c'est le parfum de la pomme qui domine –, c'est une odeur musquée de chaussures longtemps portées. Ce fumet vous accompagnera durant toute l'ascension de l'escalier. Sous les marches, une trentaine de paires de souliers impeccablement cirés est alignée.

Je me compose un nouveau visage. Dehors, les fleurs reprennent des couleurs. Le soleil se montre généreux en cette matinée de septembre. Je prépare des mots de réconfort, des mots qui se videront de leur sens quand je serai en face de Jacqueline. Tout cela s'opère à mon insu, comme un réflexe d'autodéfense.

Une 4L, dont le numéro d'immatriculation nous ramène aux années soixante-dix, occupe le fond du garage, sous un plaid de marque Ricard. Bien longtemps que je n'ai croisé Jacqueline à son volant, de retour du supermarché. De près, je reconnaissais derrière la vitre le grain de beauté qui orne sa lèvre supérieure et lui fait un sourire si particulier. C'est André qui était chargé de l'entretien de la 4L. Parfois la berline, qui lui était amenée pour une vidange, repartait avec un nouvel embrayage et chaussée de pneus neufs. « Une automobile bien entretenue, c'est de l'argent économisé pour plus tard, monsieur ! » affirme-t-il avec l'affectation d'un Raimu normand pour justifier le montant de ses prestations. Cette rhétorique n'a pas convaincu la Poste, qui n'a pas souhaité lui renouveler son contrat. Elle a préféré confier l'entretien de son parc automobile au garage Peugeot, le rival d'André, qui a bien voulu aligner ses prix sur ceux de Norauto. Ce dumping nourrit la rancune d'André. Il se permet à notre passage des remarques désobligeantes sur l'état de nos véhicules et émet des réserves quant à la qualité de notre travail. Certaines de ses factures – celles qui n'ont pas été égarées – mettraient plusieurs jours à parvenir à leurs destinataires habitant les hameaux du village. Suivant les consignes de mademoiselle la receveuse, nous répondons par un sourire inaltérable aux provocations du garagiste.

La 4L, c'est par elle que nous avons fait connaissance, Jacqueline et moi.

C'était par un de ces vendredis d'automne où un « frémissement se fait sentir, dont on ne tardera pas à récolter les premiers fruits » (extrait d'un discours de monsieur le maire). Après un été qualifié de morose par les économistes, on assistait à une reprise de la consommation des ménages. Encore un effort et le bout de l'Eurotunnel serait en vue.

Les facteurs n'étaient pas touchés par le chômage technique, ce dont se réjouissait secrètement la direction. Nous ne le saurions que plus tard quand le trafic connaîtrait un ralentissement « préjudiciable à la bonne marche de l'entreprise ».

Les boîtes de vente par correspondance lançaient une offensive sans précédent. La Redoute taillait des croupières aux 3 Suisses, et Willemse marchait sur les plates-bandes de Bakker ; Damart, qui pressentait un hiver comme jamais, le faisait savoir à soixante-dix personnes frileuses ; *Sélection Reader's Digest* proposait à une centaine d'élus triés sur le volet, en présence de maître Jaunâtre, rien moins que la réplique exacte du collier que portait Jackie Kennedy, le jour où son grand séducteur de mari se fit dégommer. À défaut, les heureux gagnants pouvaient opter pour une semaine de vacances tous frais payés dans un hôtel cinq étoiles des Maldives.

– On peut y emm'ner nos beïtes aveuc nous ? m'avait demandé Henriette, à qui il répugnait de plus en plus d'interrompre ses agapes dominicales quand venait l'heure de la traite.

Un exemplaire gratuit de *Beaux-Arts*, dont un des sujets traitait de l'apologue de Duchamp, avait été envoyé aux abonnés de *L'Union agricole*.

Le Journal de Criquetot, dont monsieur le conseiller général et monsieur le maire se disputaient les pages, était paru, m'obligeant à de nombreux détours.

Le percepteur se rappelait au bon souvenir de quelques dizaines d'amnésiques à peine remis de leurs vacances.

Une pluie de factures s'abattait sur le monde agricole, en attente des subventions que Bruxelles tardait à débloquer.

À l'occasion des 40 journées Renault, André invitait la moitié de Gonneville à venir tester la nouvelle R25. La petite dame de Barbe bleue annonçait sa venue à grand renfort d'offres exceptionnelles. Enfin, le collège conviait à une rencontre avec les professeurs les parents des cent douze élèves qui avaient fait leur entrée en sixième.

Mes camarades et moi nous étions également partagés deux caisses de colis Yves Rocher. J'avais coincé en travers un paulownia appelé à mesurer dix mètres de haut (les objets encombrants sont toujours destinés à l'un des derniers clients), dont les branches avaient entravé mes manœuvres pendant une bonne partie de la matinée. Joseph s'était fait expédier cent quatre-vingt-seize rouleaux de papier-toilette en Colissimo… J'avais empilé à l'arrière dix bottes de courrier dans la caisse en plastique, au-dessus des bouteilles de vieux-papes, et glissé à l'avant un four à micro-ondes sur lequel j'avais entassé une douzaine de catalogues de la Camif. L'un d'eux était tombé derrière mon siège et demeurerait là pendant un mois. C'était celui des Mathé.

Rien d'étonnant après ça à ce que je ne me sois pas arrêté au garage pour récupérer la roue que j'y avais déposée la veille.

Portant les yeux sur mon pneu arrière droit, Popaul, qui bricolait son vélomoteur devant la gare, avait gonflé sa joue gauche et y avait enfoncé un index enduit de graisse. J'avais feint de croire à une nouvelle facétie du cheminot, au moins jusqu'au passage à niveau. Les rails franchis, le doute n'était plus permis. J'avais crevé, et sans roue de secours.

Jacqueline était sortie de chez elle et m'avait offert son aide.

En l'absence de René, Boby, qui prenait des libertés avec les fleurs, avait renversé une vasque de géraniums lierres, ruinant cinq mois de soins intensifs. Puis il avait piqué un sprint jusqu'au bout du verger, piétinant au passage un massif d'impatiens. Si bien que Jacqueline avait dû recourir aux grands moyens. Brandissant un nerf de bœuf, elle avait contraint le malinois à reculer en rampant jusqu'au local où elle entreposait ses bocaux de cornichons.

J'avais fait tomber la roue de secours de sous la 4L. Jacqueline m'avait invité à me laver les mains au premier. Elle avait sorti la bouteille de porto. Elle m'avait entretenu de jardinage et je l'avais complimentée. La veille, Fouché, le président des jardins fleuris, avait trouvé une « petite mine » à ses bégonias. Elle en tremblait encore d'indignation. J'avais cru comprendre qu'elle attribuait à Popaul le cheminot les écarts de conduite de René, son époux. Enfin, elle s'était étonnée de ne jamais avoir reçu ma visite pour le calendrier. Je lui avais promis de réparer cet oubli. Elle m'avait offert un grand bocal de cornichons, et elle fit de même pour les vingt calendriers – des fleurs, toujours des fleurs – qui suivirent.

Le lundi suivant, jour de fermeture de son bistrot, Jacqueline m'attendait à la barrière de sa maison. Boby grondait parmi les condiments.

Puis elle avait « bazardé » son fonds. Son successeur, un des frères Tlemçani, n'avait pas tardé à se faire serrer pour vente de produits illicites en provenance du Maroc. La devanture du bistrot avait alors servi pendant cinq ans de support publicitaire aux concerts de rock de la région. Aujourd'hui, il abrite un Pizza Hut.

Nos relations avaient pris un tour nouveau. Le mercredi, quand j'avais perdu un peu trop de temps au marché – où René faisait commerce de ses lapins – ou que je m'étais attardé à lire *Le Canard enchaîné* de Jacques, elle me préparait un petit en-cas. Éprouvé par sa dure matinée – en rentrant du marché il avait, en compagnie de Popaul et Pierrot, dilapidé le produit de ses ventes dans les quatre bistrots que compte Gonneville –, le cuniculiculteur goûtait un repos bien mérité. Ses ronflements parvenaient jusqu'à la cuisine. Après qu'il eut disparu, il m'arrivait, trempé comme une soupe, de finir ma tournée dans une de ses salopettes ou dans un de ses vieux costumes.

Quant à la cave, dont il gardait jalousement la clé (Jacqueline devrait forcer la serrure pour y accéder), elle renfermait quelques merveilles, dont un cheval-blanc datant de l'année de ma naissance, que je bus avec Jacqueline, le jour de mes cinquante ans.

À la dernière marche, je prends une longue inspiration. Je frappe.

– Entre, me dit-elle.

À l'une des patères du couloir est pendue la casquette du capitaine, d'un bleu lustré par mille tempêtes. René en coiffait sa tronche à la Charles Laughton. Il ne quittait jamais ses chaussons, sauf quand Jacqueline requérait ses services pour les labours de printemps. Il s'acquittait de la tâche avec lenteur, marquant de longues pauses entre chaque coup de bêche, tirant sur son mégot éteint. Le plus clair de ses journées, il le consacrait à la cueillette de pissenlits pour ses lapins. (Par quelque bout qu'il l'entamât, son périple l'entraînait toujours vers la gare.) Ses escarpins, il les tenait d'une vieille connaissance, importateur exclusif d'un grand bottier italien. En délicatesse avec le fisc, le chausseur avait pris la fuite en confiant à René la clef de son entrepôt. Sans nouvelles de son ami, celui-ci avait fait une descente dans le stock, y prélevant les quarante-six fillettes qui s'y trouvaient.

Sur un des murs de l'entrée, tissée par Jacqueline, *La Brodeuse* de Fragonard, dans son cadre doré qui fait toute sa valeur. En face de ce chef-d'œuvre : une paire de cornes en résine surmontant le portrait d'El Cordobés, souvenir des seules vacances que Jacqueline et René aient jamais prises ensemble, un séjour offert par une grande marque d'apéritif anisé, du temps où Pasqua était encore un de ses directeurs commerciaux.

Je passe la double porte à petits carreaux. Jacqueline est prostrée sur le canapé, les genoux repliés sur la couverture. Elle crache un liquide verdâtre dans la cuvette posée près d'elle.

– T'as pensé à moi ? me demande-t-elle en redressant la tête.

Pour toute réponse, j'extrais de la poche de ma veste le journal et une facture EDF. Ils vont rejoindre sur la table roulante en métal doré le courrier de la veille qu'elle n'a pas pris la peine d'ouvrir. Elle laisse ce soin à son héritier.

Un filet de salive est resté accroché aux commissures de ses lèvres. Faussement désinvolte, je lui lance la serviette-éponge posée sur le dossier de la chaise hors de sa portée.

– Heureusement, y en a plus pour longtemps, dit-elle en aparté.

Je ne relève pas, seul moyen pour moi de ne pas me trahir. Mes accès de sensiblerie, Jacqueline y répond par un sourire narquois.

Je pourrais lui donner les noms de ceux dont la guérison a tenu du miracle, lui parler des rémissions que ne s'explique pas le docteur Knock ; de la petite boule que j'ai aperçue un matin à l'oreille de Charlotte et qui n'est plus qu'un mauvais souvenir ; du rein dont on a amputé Juliette (elle danse la gavotte en Bretagne) ; de Fernand que j'ai retrouvé derrière sa porte, baignant dans son urine (il coule des jours tranquilles à la maison de retraite du canton). Je passerai sous silence les clients mal en point dont je ne supporte plus le regard et que je prive de ma visite, au risque de me heurter à l'incompréhension de leurs proches. J'éviterai d'évoquer la perruque rousse due au traitement que Catherine a emportée avec elle dans la tombe ; les quinze disparus de Bruneval jalonnant mes trente années de service (cette pandémie s'expliquant, selon Edmond, par les sources qui passent sous le hameau et convergent vers la mer) ; Maurice, qui n'a survécu que quelques jours à la visite que je lui ai rendue dans une clinique de Montpellier où son fils le tenait prisonnier, loin de sa grotte et de ses sous-bois…

Jacqueline ne m'en laisse pas le temps. Prise d'une nouvelle nausée, le teint livide, elle se recroqueville un peu plus au-dessus de la cuvette.

Elle avait refusé que René termine ses jours à l'hôpital et veillé sur lui jusqu'au bout. Une fin difficile : « On l'entendait gueuler de la gare », affirme Popaul. Le docker est parti avec, au bec, la clope qui lui avait ravi ses deux poumons. Ses dernières paroles furent pour Boby.

Riche de cette expérience, et malgré les dénégations du docteur Knock, Jacqueline a compris, aux premiers symptômes du mal, qu'elle n'en sortirait pas indemne.

Trois ans qu'elle lutte avec « un courage qui force l'admiration », m'a dit Christian l'infirmier.

Je tente une diversion auprès de Minette. La petite chatte, qui repose aux pieds de sa maîtresse, se contorsionne avant de s'allonger sur le dos. Qui prendra soin d'elle quand Jacqueline aura disparu ? Je doute que Miaou mon greffier consente à partager son territoire, fût-ce avec une demoiselle, surtout depuis que ma belle-mère – qui le trouvait un peu trop turbulent – l'a confié à Boulanger le véto pendant que nous étions en vacances.

– T'as pensé à moi ? insiste Jacqueline avec une pointe d'agacement.

Je feins encore de ne pas entendre. La petite chatte se pâme sous mes caresses.

Je pourrais faire allusion à Popaul, contre lequel Jacqueline nourrit quelque ressentiment (elle lui reproche, entre autres griefs, la disparition de René) ; à Anne-Marie, sa voisine, dont le mari, qui se résout mal à ce que sa femme l'ait quitté pour « une » autre, a salué le départ par un formidable coup de poing sur le toit de sa Clio – d'où la concavité de celui-ci ; je pourrais lui rappeler la liaison qu'elle-même a entretenue durant trois ans avec un Hollandais chargé de creuser le chenal d'accès du port pétrolier d'Antifer, liaison dont je m'étais rendu complice en leur faisant parvenir les billets doux qu'ils s'échangeaient (en contrepartie, je couvrais les frasques de René en affirmant à Jacqueline ne pas l'avoir aperçu chez Popaul) ; je pourrais encore lui remémorer l'arrestation manquée des frères Tlemçani, et l'épisode mouvementé des CRS casqués et bottés investissant promptement les toilettes de son troquet, croyant y débusquer les célèbres frangins ; je pourrais enfin lui faire part de mon admiration pour ses massifs de fleurs et ses jardinières. (Fouché, dont on ne louera jamais assez la délicatesse, n'évoque-t-il pas la création d'un prix portant son nom ? « Mais seulement l'année prochaine », a-t-il précisé avec tact.)

Je ne m'y risque pas. Entre nous, les mots sont devenus superflus.

Jacqueline perçoit mon trouble.

– Sois gentil, tu sais bien que j'en ai pas pour longtemps, murmure-t-elle avec un fatalisme tranquille.

Sa maladie, Jacqueline s'est toujours défendu d'en parler. Le mal a pris son temps, jouant les prolongations. Ces dernières semaines, il a précipité le mouvement, ne cachant plus ses intentions. Le visage de Jacqueline est devenu transparent, comme s'il s'estompait peu à peu.

Le docteur Knock, qui a le don en temps normal de faire passer un cancer de la gorge en phase terminale pour une simple trachéite (ou de recommander à Youssef, qui s'en va des intestins, de lever un peu le pied sur les épices), baisse les yeux quand il me croise dans l'escalier. Pressé de questions par Jacqueline, le brave toubib – il donne toujours l'impression, lorsqu'un de ses patients disparaît, de perdre son meilleur ami – n'a pas mis longtemps à trahir le secret médical. Depuis, il écourte de plus en plus ses visites.

– Demain, Jacqueline, demain.

Je déglutis avec difficulté.

– Tu dis ça ! fait-elle avec une pointe d'amertume.

Cuvette.

– Non non, demain, c'est promis !

Je tends la main, aussi faux cul que le roi Jean prêtant serment dans *Robin des bois*.

Mes pensées se reflètent dans les yeux de Jacqueline.

– Regarde au pied du frigo, me demande-t-elle, compatissante.

La gorge nouée, je m'éclipse dans la cuisine. Le soleil y est éclatant. Je ne peux m'empêcher de jeter un œil à l'horloge Martini au-dessus du buffet, une habitude que j'ai contractée quand Jacqueline me retenait à déjeuner. L'heure que je lis ne fait que traverser mon esprit.

– La bouteille de bourgogne, tu la vois ?

Parmi les maxi Vittel dont Jacqueline fait une grande consommation depuis qu'elle est souffrante, une bouteille de vin à l'étiquette grignotée par les ans.

– Tu me l'apportes.

Cuvette.

Je m'exécute de mauvaise grâce.

– Garde-la, c'est pour toi.

Et comme je résiste, mollement il est vrai :

– Ça me fait plaisir. Comme ça, tu n'auras plus d'excuse, ajoute-t-elle, les yeux pleins de malice.

Et, un peu plus tard, alors que je repasse la porte vitrée :

– Un beau, me fait-elle. Des fleurs, tu sais bien.

Le grain de beauté de sa lèvre supérieure n'a jamais si bien accentué son sourire.

– Et pour les cornichons…

Elle me lance un regard complice. Décontenancé, je me passe la main dans les cheveux, je n'en mène pas large.

Le fou rire nous prend en même temps, irrépressible. Nous le laissons nous envahir, enfler, nous submerger, repartir de plus belle à chaque coup d'œil échangé. Au bord de l'asphyxie, Jacqueline ne quitte plus la cuvette. Relevant la tête :

– … tu verras ça avec Boby, me dit-elle dans un sanglot.

*

Je traverse la ligne de chemin de fer. Popaul, assis sur le banc boulonné entre les deux portes de la petite gare, est dans l'attente d'un train qui ne viendra pas, non pas qu'une grève quelconque affecte aujourd'hui le trafic de la SNCF, mais la ligne est désaffectée depuis les années soixante. On la maintient en survie, malgré tout, afin de permettre une évacuation rapide du Havre, dans l'éventualité où, comme en 1944, il prendrait aux Anglais l'envie de raser la ville. Drapé dans un long manteau râpé qui le fait ressembler à un héros de western spaghetti, Popaul trompe son ennui en s'efforçant de donner la même épaisseur aux rondelles du saucisson qu'il est en train de découper. Dès qu'il entend la voiture, il lève les yeux puis, m'ayant reconnu, il applique d'une manière obscène le saucisson entre ses genoux écartés, tout en m'invitant de la main droite à venir le partager. Pour m'inciter à m'arrêter, il me désigne de la tête la grosse pendule fixée au-dessus de lui. Elle indique neuf heures cinq, heure de passage de l'ultime train de voyageurs de la ligne. Aux pieds de Popaul, le soleil vient frapper une bouteille de boulaouane bien entamée. Une fois par an, ce nouveau signal intime l'ordre au chauffeur de la draisine, chargé d'éliminer les mauvaises herbes qui poussent entre les traverses, de stopper sa machine, de venir saluer son supérieur hiérarchique et d'étancher sa soif. Pendant tout le temps que dure ce grand moment de convivialité ferroviaire, on entend dans tout Turretot le halètement de la petite loco, suivi des trois brefs coups de sifflet que donne le chauffeur au moment du départ.

D'un geste de la main, je décline l'invitation du cheminot, qui porte le saucisson à ses lèvres et fait comme s'il jouait de la flûte.

En atteignant la haute rangée de thuyas qui borde le côté est de la cour de Jacqueline, créant un microclimat propice à la culture des cucurbitacées, je ralentis, saisi d'un mauvais pressentiment. Passé le coin de la haie, les volets seront plaqués contre le mur et je saurai qu'elle est encore là. Mais non !

Jacqueline a été hospitalisée d'urgence à Becquerel.

Le calendrier – des fleurs, toujours des fleurs – que je lui avais choisi restera dans mon vide-poche pour l'éternité.

*

Popaul a recueilli Boby. Pour l'en remercier, le fils de Jacqueline lui a offert la 4L. Il ne reste plus au cheminot qu'à passer son permis. En attendant, la Renault, dont Popaul a entrouvert la glace latérale, sert de repaire aux chats errants du quartier. Elle sera peu à peu désossée par des amateurs de pièces détachées.

Un matin, j'ai cru reconnaître Minette sur la route. Le corbeau qui s'en repaissait s'est envolé à mon approche.

Les marrons

Le marron d'Inde possède de nombreuses vertus, entre autres celle de faire disparaître les hémorroïdes. Je tiens ce secret de Paulette, qui le tenait elle-même de sa mère, dont les connaissances en matière de remèdes galéniques auraient poussé au suicide plus d'un pharmacien. Quand la crise fait danser le flamenco au tabouret, munissez-vous d'un marron bien mûr qui ne vous quittera plus, y compris en pyjama. La guérison intervient en quelques jours, d'une manière quasi miraculeuse et sans qu'on ait eu recours à la moindre prière ou formule magique, ce qui est rarement le cas dans ce genre de traitement.

Sinon, le marron d'Inde, non comestible, n'est bon qu'à nourrir les cochons.

Le chemin sinueux, au tracé impeccable, gravillonné et ratissé, qui mène au manoir normand, traverse un bosquet de marronniers deux fois centenaires. En passant les piliers qui marquent l'entrée de la belle propriété, je ne peux m'empêcher de sourire à la vue des deux plaques que monsieur le châtelain y a fait apposer. D'un côté la francisque, de l'autre la croix de Lorraine, toutes deux sculptées dans une belle pierre blanche. On ne saurait se montrer plus consensuel. Ayant connu le même cheminement, la plupart des gens du village ne s'en offusquent pas. Un plaisantin avait tout de même agrémenté une des deux plaques, on devine laquelle, d'une croix gammée tracée nuitamment à la bombe aérosol. Tout le hameau en fut retourné. Il fallut une matinée entière à deux retraités volontaires armés d'un Kärcher pour venir à bout de l'outrage. En remerciement, monsieur le châtelain les a conviés à prendre un verre de cidre debout dans sa cuisine, profitant de l'occasion qui lui était donnée pour morigéner un gouvernement dont le laxisme permettait de tels actes criminels. Les retraités, dont la pension équivalait à peine à un SMIC, approuvaient de la tête en tétant leur jus de pomme.

À l'entrée de la première courbe, j'aperçois Antoine.

Un genou en terre, les mains protégées par de gros gants de cuir, il est occupé à ramasser des marrons. La douceur de cette fin d'automne est telle qu'il n'a pas cru bon de coiffer sa casquette. Son crâne presque chauve, luisant de sueur, brille comme si l'on venait de le cirer, et l'on imagine la petite fenêtre arrondie épousant la forme de l'occiput qu'un dessinateur malicieux y accrocherait pour en souligner l'éclat.

Un panier à la main, Nelly, son épouse, se tient debout derrière lui. Elle est hilare comme sur la photo que j'avais prise d'elle et qui trône à présent sur la petite étagère au-dessus de leur cuisinière. Bien que son ajustement laisse quelque peu à désirer, sa prothèse à la dentition un peu trop parfaite lui fait un sourire impersonnel d'héroïne de sitcom américaine, impression que vient corriger la douceur de son regard.

Anormalement absorbés par leur glanage, ils en oublient de me saluer quand j'arrive à leur hauteur, omission bien involontaire et si contraire aux prévenances dont ils m'entourent habituellement. Je veux bien fermer les yeux.

Un peu plus loin, Maurice, sous son béret, se livre à la même occupation en y mettant un soin tout particulier. Pour qui connaît sa cour de ferme si bien rangée, il n'y a là rien d'étonnant. Il procède avec lenteur, ouvrant avec précaution les bogues qui protègent les marrons, rejetant derrière lui les petits fruits, comme un pêcheur rejette à la mer le menu fretin. Il n'a pas cru bon de se munir d'un récipient et c'est dans son béret déjà bien rempli qu'il continue d'empiler sa récolte. Il est si économe de ses gestes qu'on le croirait filmé au ralenti. Il va en perdre en route, me dis-je en considérant le tas qu'il a déjà constitué, surtout s'il est à pied et qu'il lui faut traverser la cour des Gallais avant de retrouver le chemin herbeux qui mène chez lui et mouillera le bas de son pantalon de toile bleue. Ce n'est pas dans ses habitudes de se montrer aussi imprévoyant, lui qui paraît toujours peser le pour et le contre avant d'entreprendre quoi que ce soit. Tout comme Antoine et Nelly, il néglige de me faire le petit salut de la tête qui lui est coutumier quand il me rencontre. Sa prostate lui ferait souffrir le martyre. En servant de l'essence à René le boulanger, son gendre, mécano chez André, aurait sous-entendu une intervention chirurgicale imminente.

Dans le dernier virage, à proximité des deux garages en briques et en silex qui abritent la Mégane et le coupé Mercedes – avec en arrière-plan un immense rhododendron couvert de bourgeons, surplombé d'un gigantesque marronnier –, se tiennent Paulette et Léo. La lumière du soleil, tamisée par la frondaison du grand arbre, les baigne d'un halo surnaturel et quasi mystique. On songe à un tableau de Jean-François Millet revisité par Pierre et Gilles associés aux Deschiens. À une image pieuse détournée par quelque iconoclaste. L'anticléricalisme radical de Léo apporte la dernière touche à cette reconstitution au second degré. Le ciel, rancunier, ne s'y prendrait pas autrement pour se venger. Paulette a revêtu son sarrau aux motifs compliqués. Agenouillée à même le sol, la tête baissée, ses cheveux blancs permanentés et nimbés d'une aura de laque, elle semble abîmée dans une prière sans fin. Debout derrière elle, dans son uniforme de facteur dont il a décousu les insignes depuis qu'il est à la retraite, Léo fixe intensément les murs des garages en face de lui. Depuis qu'une boule de graisse est venue se coincer le long de son cou, il a toujours l'air un peu ailleurs, et plus particulièrement aujourd'hui. Paulette a enfilé les gants roses qu'elle met habituellement pour faire la vaisselle. Tout en gardant la tête penchée, elle lève régulièrement le bras droit au-dessus d'elle avec un automatisme de robot. Léo se saisit du marron qui lui est tendu mais, au lieu de le laisser tomber dans la grande poubelle qui est à ses pieds, il l'expédie par-dessus son épaule avec une régularité de métronome et une force si égale qu'un petit tas s'est formé à un mètre derrière lui. Je sais en gros la teneur de l'engueulade qu'il va se prendre.

Ces coups de gueule leur étaient coutumiers et l'étaient restés aussi longtemps que Léo avait gardé toute sa tête. Pour les déclencher, tout était prétexte. Leur teneur ne variait pas. Il n'y était question que de sexe, du désir qu'émoussait une trop longue attente, de muscles avachis connaissant panne sur panne, de raideurs que l'âge déplaçait, de gouffres insondables, de figures acrobatiques dans toutes sortes d'endroits ; le tout dans une gaieté communicative qui comblait de joie les convives, car c'était toujours autour d'une table bien garnie qu'avaient lieu ces échanges. Les grossièretés ponctuant ces confidences allaient crescendo jusqu'au dessert. Pour y mettre fin, Léo préférait s'éclipser. On le retrouvait endormi dans la pièce du fond, dans son costume de facteur. La tête reposant parmi la collection de poupées de foire, les brodequins qu'il n'avait pas pris le temps de délacer dépassant du lit pour ne pas salir les fleurs de la courtepointe molletonnée, il ronflait comme un bienheureux. Paulette, en position de force, lui envoyait une dernière bordée d'injures qui le faisait à peine frémir. Ses ronflements repartaient de plus belle, à la grande joie des témoins.

Il en va différemment à présent. La petite boule de graisse qui a valu à Léo un long séjour à l'hôpital – la « Générale » comme on l'appelait alors pour le différencier du beau centre hospitalier qui venait d'être inauguré pour le remplacer – l'a définitivement coupé du monde extérieur. Sa verve l'a quitté. Paulette, qui se résout mal à cet abandon, n'a pas renoncé à l'apostropher quand il commet une bêtise. Mais c'est à un autiste qu'elle s'adresse désormais. Faute de combattant, c'est à elle-même qu'elle réserve alors ses insultes, se maudissant des mauvais choix qu'elle a faits dans sa vie.

Eux aussi m'ignorent. Le coup de klaxon que je leur lance n'y change rien. Mal programmés, ils poursuivent dans l'erreur, avec méthode et conviction. M'arrêter pour les en avertir serait vain, je le sens. Il sera bien temps d'évoquer le sujet et d'en rire quand nous nous retrouverons autour d'un verre.

En matière de fleurs, c'est aux rhododendrons et aux rosiers que vont les préférences de monsieur le châtelain. La situation mi-ombragée du grand parc boisé au milieu duquel fut érigé le manoir, il y a trois cents ans, permet aux premiers de croître à profusion. Monsieur le châtelain en possède de nombreuses variétés, à la somptueuse floraison printanière – des mauves, des pourpre violacé, des roses –, dont l'entretien est confié à l'un des deux retraités effaceurs de tags. Celui-ci s'acquitte servilement de cette tâche avec un soin qui prête à sourire. Un matin qu'il étalait du fumier avec une exquise préciosité – pensant peut-être que de la fenêtre de son salon, monsieur le châtelain le reluquait –, j'avais sauté de ma voiture sans faire de bruit, m'étais précipité derrière lui et avais failli le faire piquer du nez dans son fumier. À l'idée que, du manoir, on eût pu le surprendre en fâcheuse posture, il avait perdu de sa morgue. Il m'avait agoni en patois pendant que je déguerpissais sous les poignées de terre qu'il me lançait et qui ne m'atteignaient pas, ou si peu.

C'est début juin qu'il faut voir les rhododendrons dans leur plénitude, d'immenses taches colorées que souligne le couvert des marronniers. Mais nous sommes fin novembre. On devine, dans les gros boutons qui couronnent l'extrémité des branches, quelle sera leur couleur quand ils écloront. Hibernant sagement, les dizaines d'arbustes attendent des jours meilleurs, sauf un. À mon grand étonnement, le gigantesque « Nova Zembla » – m'a soufflé un jour le retraité –, que l'on peut admirer à gauche de la demeure quand on approche du perron, est en pleine floraison. Il ne m'a jamais paru aussi haut, aussi large, aussi beau. Il est d'un rouge flamboyant et ne semble pas près de faner. Par quelle magie le zélé retraité est-il parvenu à un tel résultat en cette période tardive de l'année ? Mystère de la main verte. C'est promis, je lui en ferai le compliment, et ce sera un plaisir que de le voir se rengorger, d'autant plus si je lui certifie que la photo que je prendrai de lui près du bel arbuste fera, à n'en pas douter, la première page de *Rustica* auquel il est abonné. Il en oubliera peut-être l'humiliation que je lui fis subir.

Quand je frappe à la porte, je sais qu'il se passera du temps avant que l'on vienne m'ouvrir. Ici, c'est la coutume – combien de fois j'ai pu trépigner d'impatience, en plein milieu de l'après-midi – de me laisser ainsi poireauter. Des couloirs interminables me séparent de Monsieur, que celui-ci parcourt de sa force tranquille. Il ne vient pas de passer aux trente-cinq heures, lui, et n'éprouve que peu de sympathie – bien qu'il ait accompli l'essentiel de sa carrière au service de l'État – pour ces petits fonctionnaires attachés à leurs privilèges, ces fauteurs de troubles incapables de se remettre en question à l'heure de la mondialisation. Son majordome le précède d'une bonne longueur.

– C'est pour ?

C'est pour ! C'est pour ! De quoi suis-je donc venu le mettre au parfum hier, et qui m'a pris un bon quart d'heure ?

Il me considère de la tête aux pieds, dans sa livrée à rayures jaunes et noires, comme celle de Nestor dans Tintin. Avec son plumeau à la main, il me fait l'effet d'un oiseau dans le désordre. Sa ressemblance avec Pierre Bérégovoy, le ministre suicidé, est à s'y méprendre. La forte focale des verres de ses lunettes lui donne un regard de hibou triste qui confirme la première impression. Le plumeau placé à un autre endroit, et l'on se croirait transporté en Amazonie.

Me voici contraint de lui rappeler le but de ma visite intéressée. Rappel qu'il conclut par cette fausse excuse :

– C'est vrai, nous n'y pensions plus. Pardonnez-moi, je reviens.

Devant mon hésitation à franchir le seuil de la porte, il ajoute :

– Mais entrez donc, je vous en prie.

Il referme derrière lui la porte étroite qui mène à la bibliothèque. J'ai tout le loisir d'admirer la toile de Jouy rose sur laquelle un berger fort bien mis soufflant dans un flûtiau tente de séduire une charmante petite marquise qui fait de la balançoire et qui n'a pas l'air d'être insensible à ce genre de musique.

Sur un guéridon recouvert d'un napperon brodé est posé un vase aussi exquis que transparent dans lequel se morfondent quelques roses malingres, qui trempent leur tige un pétale en l'air, comme le lieu l'exige.

Le temps passe. Bien que cette attente fût prévue – ma tournée ayant été organisée en fonction de sa durée, je n'ai pas levé le pied et j'ai refusé deux invitations à déjeuner –, elle a le don de m'irriter. La faim qui me tenaille accroît encore mon impatience. La pensée m'effleure de révolutions à refaire et de siècles d'humiliation à effacer. Il ne viendrait pas à l'esprit d'Alphonse – l'agriculteur voisin qui survit tant bien que mal, avec sa femme et ses deux gosses, sur la petite exploitation de trente hectares que monsieur le châtelain, princier, lui loue – d'être à la bourre au rendez-vous que je lui fixe annuellement. Au contraire, il se fait un devoir de m'y devancer, soignant sa mise et débarrassant la table de tout ce qui pourrait gêner ma prestation.

Les vingt années qui ont précédé, monsieur le châtelain, que ses affaires retenaient à Paris, ne faisait que quelques courtes apparitions dans le hameau, pour donner ses directives à son métayer et en percevoir le fermage ; pour tancer vertement le retraité à la main verte quand, selon lui – la Bourse connaissant une mauvaise fluctuation –, l'entretien du parc laissait à désirer ; pour faire ses Pâques à l'église du village et assister à la messe de minuit. Mais monsieur le châtelain a pris un coup de vieux. Il gère son portefeuille d'actions avec moins d'enthousiasme, accorde plus de temps à la méditation. Depuis janvier, il ne met plus les pieds à la capitale que pour régler des contentieux ou présider quelque conseil d'administration où ses avis sont de moins en moins les bienvenus. Désormais, sous la voûte deux fois séculaire de ses grands arbres, il se consacre à la prière et à l'introspection. Son grand âge, qui le rapproche du ciel un peu plus chaque jour, lui fait confusément redouter des ennuis post mortem. Il subodore qu'il n'a pas toujours été judicieux dans le choix de ses placements moraux. Boursicoteur mal avisé, il craint le krach de ses mauvaises actions. En m'envoyant à lui pour la première fois en vingt ans, Dieu, magnanime, lui donne l'occasion inespérée de se racheter. La saisira-t-il ? Je crains que non, la prodigalité n'étant pas une vertu qu'on lui reconnaisse dans le quartier. Sa pingrerie y est au contraire légendaire.

Sa seigneurie et ses états d'âme font enfin leur apparition. Pompes et circonstances, Monsieur est en pantoufles. Sa robe de chambre verte est brodée de grosses roses rouges.

Le fidèle labrador qui l'accompagne, racé et néanmoins proche du peuple, vient aussitôt me renifler à la hauteur de la braguette, en remuant la queue d'une manière équivoque. Son flair infaillible aurait-il découvert en moi une zoophilie latente ? Je repousse ses avances avec la dernière des énergies. Ce refus, au lieu de le calmer, l'émoustille, et les battements de sa queue redoublent de frénésie. Son maître, agacé, le rappelle à la bienséance. Dépité, il se couche à ses pieds, la queue aussi basse que le profil.

– Voyons, mon ami, qu'avez-vous d'intéressant à nous proposer ?

C'est ce qu'il dit, mais je vois à son regard que ses idées sont ailleurs. Sans un endroit où m'appuyer, la démonstration risque de s'avérer périlleuse. Je jette un coup d'œil éperdu autour de moi. Je ne vois que le guéridon pour me sortir du pétrin. Il ne faut pas y songer. Les roses ne résisteraient pas à un déménagement. Tout en gardant le cartable crispé dans la main gauche, je me livre alors à un exercice d'adresse qui consiste à me saisir du plus grand nombre possible de calendriers en évitant de faire tomber ceux qui restent dans le sac, gymnastique nécessitant une longue pratique. Le châtelain me considère d'abord avec amusement puis, prenant soudain conscience de l'ampleur du problème, il arrête mon geste :

– Le premier sera le bon.

Bingo ! Je tire de mon cartable le calendrier approprié avec, d'un côté, une vue aérienne du château de Chambord, et de l'autre, le Cher glissant paresseusement sous les arches du château de Chenonceau.

– Parfait, parfait, souffle-t-il, épaté.

Ce tour de passe-passe involontaire le déconcerte. Certes, le parallèle que l'on peut établir entre ces demeures prestigieuses et son petit manoir n'est pas à son avantage, mais ce rappel d'un passé qu'il regrette et d'une monarchie dont il souhaite ardemment le retour m'attire illico sa sympathie. Son prosélytisme aurait fait des petits que ça ne l'étonnerait pas. Me voici sans le savoir gagné à sa cause, converti et soumis. Se sentant en position de force, il se permet d'en remettre une couche.

– Est-ce que ce serait abuser de votre générosité que de vous en demander un deuxième ? Si cela ne vous gêne pas, je ne voudrais pas…

Je m'entends lui répondre : « Mais non, mais non, prenez. » Dans le doute je consens à ce sacrifice, mais je suis gagné par un sombre pressentiment.

– Vous comprenez, précise-t-il, mon fils commerce avec l'Afrique. Il n'est que rarement en France. De nos jours, avec le tiers-monde qui frappe à notre porte, les affaires sont de plus en plus difficiles. Surtout avec les Français qui ne veulent pas consentir de sacrifices…

Et ta sœur, elle en a consenti, des sacrifices, en forlignant avec l'occupant ? me dis-je en songeant à la rumeur concernant le passé collaborationniste de la famille.

– Vous n'auriez pas quelque chose, je ne sais pas, des animaux sauvages de là-bas…, poursuit-il. Ça lui rappellera les safaris dont il est si friand.

Satisfaire son exigence requiert toute ma mémoire.

Je crois me souvenir d'un lion repu roupillant au pied d'un baobab, et d'une gazelle bondissant dans la savane au mépris du danger.

– Magnifique ! s'extasie-t-il. Nous le lui enverrons de votre part pour le nouvel an.

Quand il sillonnera le Mali à bord de sa Land Rover, coiffé de son galurin de broussard, je doute que les plans de Dieppe ou d'Harfleur lui soient d'un grand secours. Pour pêcher le thon au large de l'Angola, nul besoin, il me semble, de connaître l'heure des marées de la ville de Fécamp. Après un court temps d'hésitation :

– Vous allez dire que j'en prends à mon aise, mais ma fille, que ses études retiennent à Paris, est toujours absente de chez elle quand son facteur vient lui présenter ses vœux. Est-ce que par hasard ?… Oh ! peu importe lequel, un de ceux que vos clients ne veulent pas…

– Pas du tout, pas du tout !

Avec ses manières onctueuses, comment ne pas me montrer grand seigneur ? Mon refus serait mal perçu.

Le mettre au courant du montant de la facture qu'il me faudra acquitter fin décembre ferait désordre. Vais-je pour autant offrir à sa fille, à laquelle il a l'air tant attaché – je ne l'ai jamais vue au château, la demoiselle, on dirait qu'il nous la cache –, ce paysage enneigé des Vosges qui rendait si bien sur le catalogue et qui s'avère être un nanar infourgable ? Mon goût prononcé pour les belles choses me l'interdit. À mon grand désespoir, je me sépare de trois chatons et d'un petit boxer.

– Elle qui a une telle passion pour les animaux ! Vous savez qu'elle va bientôt éditer un livre. Nous lui dirons de vous en expédier un exemplaire… par la poste… vraiment nous ne savons…, tient-il à préciser.

Il pose une main apaisante sur mon bras que guette la paralysie.

– Vous n'aurez pas affaire à un ingrat.

Une lueur brille dans le brouillard, vacille et s'éteint. Le ton qu'il a employé ne laisse pas de doute sur ses intentions. Il est dit que je connaîtrai la Bérézina du calendrier. De ma bouche sortent des mots prononcés par un autre :

– Et pour madame votre épouse, il n'y aurait pas un petit quelque chose… ?

Je me sais gré de lui avoir coupé l'herbe sous le pied.

– Je n'osais vous le demander.

Je déploie mes calendriers en éventail, poker menteur où je vais laisser ma chemise.

– Voyons, voyons, dit-il en se prenant le menton, je pense que celui-ci fera l'affaire.

Il a tiré la mauvaise carte. Un Doisneau ! Il ne m'en restait plus que deux. Monique, à qui je le réservais, va me faire la gueule jusqu'à l'année prochaine.

Surgissant de la cuisine par la porte de gauche apparaît Bérégovoy. Il a perdu ses plumes. Son entrée paraît avoir été minutée comme dans une pièce de Feydeau. Dans la main droite, il ne tient pas un pot de chambre, mais une brosse à reluire, et sa main gauche est plongée dans un escarpin qui brille de mille feux. Dans mon dos, j'entends distinctement le public saluer son entrée. Et si je me retournais pour poser à l'assistance, en aparté, la question qui me tarabuste ? Comment a-t-il fait, avec les deux mains prises, pour ouvrir aussi facilement la porte, si ce n'est avec l'aide d'un machiniste en salopette ? Il a toujours ses yeux de hibou déférent. Que va-t-il nous hululer ? Monsieur le châtelain n'apprécie que moyennement cette intrusion non désirée. Et, pour le manifester, tire un store sur son regard. Le vieux hibou, qui connaît son maître et ses humeurs, ne lui laisse pas le temps de se renfrogner. Tout en donnant la dernière touche à son lustrage et en m'ignorant avec superbe, d'une façon définitivement théâtrale, il déclare au châtelain :

– Pardonnez-moi, mais j'ai entendu bien malgré moi la conversation que Monsieur vient d'avoir…

– Et alors, mon ami ? s'étonne le châtelain en remontant le store.

– Si je pouvais me permettre de rappeler à Monsieur que mercredi nous avons Doktor Helmut à déjeuner, dit-il en ménageant le suspense.

– Eh bien ? s'impatiente son patron.

– Je m'autorise à penser qu'à l'approche de la nouvelle année, un cadeau de cette nature ne pourrait que lui être agréable.

– Quelle bonne idée vous avez là, Pierre ! Vous êtes décidément de bon conseil, mon ami.

Le problème étant de savoir quel est le calendrier qui, sans négliger la place prépondérante que tient la France en Europe, serait à même, sans trop l'exalter, de flatter la fibre patriotique de l'ami Helmut.

– Il n'est qu'à demander à Monsieur (pas tant de Monsieur !) qui doit être féru en la matière, jabote le Nestor Béré, découvrant soudain ma présence.

– Mais bien sûr ! Alors, mon ami ? Vous avez entendu la question, que nous suggérez-vous ?

Un nid d'aigle à Berchtesgaden sur une face, Vichy sur l'autre, je n'ai pas. Un berger des Pyrénées, un braque nous ramenant à Weimar, encore moins. Le Concorde, ils n'y furent pas associés ou si peu, le TGV, je n'en suis pas sûr. Non décidément, je ne vois que Riquewihr noyé sous les géraniums, qui a connu la double nationalité, avec au verso, un schlitteur qui dégringole un chemin forestier abrupt en essayant de ne pas se prendre son chargement sur la tête. Ainsi, les susceptibilités seront ménagées de chaque côté du Rhin, surtout si l'on considère que le forestier casse-cou est coiffé d'un gentil petit chapeau tyrolien.

– Parfait, vraiment parfait ! Facteur, votre modeste contribution, blablabla...

Modeste ! Je viens de me faire détrousser au coin du bois de marronniers. Le hibou fait le paon, comme s'il était personnellement responsable du traité de Maastricht. Les rayures de son gilet vont en s'élargissant, on dirait un Buren. Le châtelain, estimant que son inactivité a assez duré, lui colle entre les pattes les cinq calendriers extorqués, qu'il presse entre la brosse et le soulier. Fier comme un toutou rapportant la baballe à son maître, Nestor disparaît dans la cuisine sous les applaudissements du public, franchement partisan. Sortie réussie et qui annonce un dénouement proche, d'ultimes rebondissements n'étant pas à exclure avant la fin de la pièce.

Nous voici seuls. Pour donner à Monsieur le temps de se retourner, je remets les calendriers un à un dans ma serviette, avec mille précautions et une lenteur calculée. Le châtelain me regarde faire sans esquisser le moindre geste en direction de la robe de chambre où doit se nicher son portefeuille. Billets, chèque, carte bleue, la maison accepte toute forme de règlement. La musique que produisent les fermetures du cartable résonne étrangement dans le vestibule ; points de suspension qui se terminent en point d'orgue. Nous suivons des yeux le pétale d'une des roses qui vient de se détacher et met un temps infini à venir se poser entre les deux chaussons de Monsieur. Le labrador – qui n'a pas perdu tout espoir de me révéler ma véritable nature –, sentant mon départ proche, montre des signes d'impatience. Sa queue s'agite de plus belle. Se résolvant à rompre le silence, Monsieur, les mains jointes comme si c'était l'heure de la prière, me susurre d'une voix plaintive :

– Combien faut-il vous donner, mon ami ?

– C'est laissé à l'appréciation du client, monsieur.

– Mais combien vous donne-t-on ordinairement ? dit-il d'un air contrit.

– Cela varie.

Je lui indique une fourchette de prix qui lui laisse une bonne marge de manœuvre. Il paraît incrédule. Par les temps difficiles que nous vivons, se peut-il que l'on puisse se montrer aussi dispendieux ? Décidément le Français n'est pas sérieux. Après tout, ne suis-je pas appointé pour m'acquitter de mon travail ? Traditionaliste oui, mais avec un souci de modernité qui sait tordre le cou à certaines mauvaises habitudes, freins du progrès. Dubitatif, il cherche une échappatoire à fond les méninges. Eurêka ! Une ampoule clignote au-dessus de sa tête. Il rayonne.

– Dites-moi, mon ami, tout à fait entre nous, au lieu d'argent, est-ce qu'on ne vous offre jamais autre chose en échange de vos calendriers ?

– Cela arrive.

Où veut-il m'emmener ? À la table des négociations ?

– Une bouteille de calva, une volaille, quelques légumes ? suggère-t-il, princier.

Je reste muet. Ce Machiavel s'ingénie à détendre l'atmosphère. Lui laisser pousser son avantage serait courir le risque de m'en retourner avec un pied de rhodo. Je ne bronche pas. Mais la perspective de s'en tirer sans bourse délier l'inspire décidemment.

– Ainsi, poursuit-il avec l'éloquence de l'avocat qu'il fut autrefois, nous pourrions considérer cela comme un échange et non comme une basse affaire mercantile.

Effets de manche, il plastronne. En pleine déréliction, je me maudis de devoir garder le silence. Sortir de ma réserve, il ne faut pas y songer. Ce fin stratège le sait. Il a mené à bien des tractations d'un autre ordre et il en est toujours sorti gagnant. À défaut de se payer un yuppie, il va mettre à genoux le facteur, et à travers lui l'administration postale tout entière. Une grande lassitude me gagne. Mes échecs scolaires me reviennent en reproche. La receveuse va s'impatienter. Des générations de facteurs riront demain de ma déconvenue.

– Évidemment, notre générosité se doit d'être à la hauteur de celle dont vous fîtes preuve à notre égard.

Va-t-il me dédicacer une de ses pantoufles ? Pire, me refiler son clébard ?

– Alors ? C'est OK, mon ami ? me demande-t-il en serrant le bec. Mon offre vous agrée ?

Il feint de me laisser libre ou non d'accepter sa proposition, mais je persiste à rester muet.

Soudain, un vent venu d'on ne sait où souffle sur les roses. Leurs pétales se détachent un à un, dansent une sarabande autour de la pièce et viennent s'enrouler en auréole au-dessus de la tête de Monsieur. En arrière-plan apparaissent Léon Blum et Jean Jaurès. Le labrador, touché par la grâce présidentielle, entonne un cantique inuit – plus précisément de la région de Natashquan d'où il est originaire.

S'il y a un truc, il est au moins d'essence divine et propre à convertir le plus agnostique des fonctionnaires. Le doute s'insinue en moi, annihilant mes dernières résistances syndicales. Je me sens proche de l'extase, au bord de l'évanouissement. Mes membres se paralysent lentement, le sol se dérobe peu à peu sous mes pieds. Empruntant la voie buccale, mon âme se détache de mon corps. Comme aspiré, je suis un long couloir à l'extrémité duquel brille une immense clarté. Au loin, je reconnais grand-mère et grand-père dans les habits qu'ils portaient quand ils se sont mariés. Près de la citerne, en noir et blanc, comme sur la photo où je les préfère. Ils font penser à des émigrants irlandais sur le point d'embarquer pour l'Amérique. Grand-père, coiffé d'une casquette, ressemble à s'y méprendre à Hemingway. Grand-mère disparaît sous un large chapeau à rubans. Ils se tiennent par la main, étrangement indissociables. Leurs visages s'éclairent quand ils m'aperçoivent. De leurs mains disponibles, ils m'encouragent à les rejoindre.

À une demi-seconde d'être complètement délivré des basses contingences terrestres, la voix hautaine de Monsieur me ramène à la dure réalité. Les effets de la pesanteur se font cruellement ressentir.

– Pierre, s'il vous plaît !

Feu Béré fait son apparition, un point d'interrogation fluo au-dessus de la tête.

– Monsieur ?

– Apportez donc à monsieur le facteur ce que nous lui avions préparé, lui ordonne le châtelain.

Le mec aux manettes envoie *Carmina Burana*. L'enthousiasme est à son paroxysme. Ainsi, tout était préparé d'avance. Me voici le figurant d'une comédie servie sur un plateau à Monsieur et à son larbin. Preuve en est l'agitation que je perçois dans mon dos quand, en plein Carl Orff, un petit nuage né de mon imagination vient se glisser sous les pieds de Monsieur, lequel, sans aucune aide apparente, s'élève dans les airs, toujours couronné de pétales de rose. Le bout de ses chaussons se relève vers l'avant. En même temps, un doux zéphyr, soufflé par une machinerie invisible, s'insinue entre le peu de cheveux qui lui restent et sous sa robe de chambre, lui conférant une allure romantique à la Chateaubriand. Ébouriffant ! Je suis soufflé. La beauté sidérante du tableau me fait pieusement baisser les yeux. Je constate sans surprise que je me suis enfoncé jusqu'aux genoux dans le sol pavé de carreaux noirs et blancs qui s'étend jusqu'à l'infini. J'amorce une lente et inexorable descente vers le centre de la terre sans éprouver la moindre peur.

Un bruissement d'ailes me tire de ma rêverie. Béré, l'oiseau rare au chatoyant plumage, vient de se poser devant moi, un grand panier dans les mains, le cadeau que Monsieur me destinait : une pleine corbeille de marrons qui me glacent. De quoi ruiner plusieurs générations de proctologues. Égrenant un chapelet de remerciements inaudibles, je me saisis du panier, mais son poids est tel que je me vois contraint de le laisser tomber. Les marrons se répandent dans le vestibule avec un bruit métallique et désagréable.

Table

RÉALISATION : NORD COMPO À VILLENEUVE-D'ASCQ
IMPRESSION : CPI FRANCE
DÉPÔT LÉGAL : NOVEMBRE 2021. N° 147315 (3044359)
IMPRIMÉ EN FRANCE